나의 2평짜리 베란다 목공소

나의 2평짜리 베란다 목공소

김준호 지음

세상에서 가장 마음이 편안해지는 곳

더퀘스트

프롤로그

어서 오세요, 당신 곁의 가장 가깝고 조그만 숲에

처음 목공을 배우던 때가 기억난다. 공방을 알아보고 기술을 배우고 장비 다루는 법을 익히고 작품을 구상하고 완성해가는 일은 하나하나 눈이 떠지는 새로운 경험이었다. 집 베란다에 목공소를 꾸렸을 땐 번잡하고 빠르게 흐르는 도심 속에서 시간이 멈춰 있는 곳이자 나만의 비밀스럽고 조그만 숲을 숨기고 있는 것처럼 들떴다.

직장인인 내가 목공을 한다고 하면 사람들의 반응은 대체로 비슷하다. '놀랍다', '반전이다', '무얼 만드냐'. 게다가 베란다에 작업실을 차리고 판매까지 한다면 다들 신기해한다. 2평짜리 목공소에서 돈을 번다고?

주말 부수입을 올리기 위해서일 수도 있다. 하지만 무엇보다 반복적으로 돌아가는 생활에 돌파구를 찾고 싶었다. 역할과 책임에 납작하게 눌려 시계추처럼 왔다 갔다 하는 삶을 변화시킬 힐링이 무얼지 생각했다.

한편으론 지금의 모습이 아닌 다른 한 분야의 확실한 전문가가 되길 꿈꿨다. 이 시대 직장인들의 보편적인 업무 말고, 그러니까 9시에 출근해서 사무실에 앉아 컴퓨터 화면을 응시하면서 보고서 문구 하나와 씨름하는 그런 화이트칼라 전문가 말고, 팔다리를 움직여 땀 흘려 결과를 이루는 '몸 전문가' 말이다.

이때 떠오른 것이 목공이다. 어려서부터 손으로 무엇이든 즐겨 만들었다. 하지만 그런 재주를 한 번도 직업으로 발전시켜볼 생각을 하지는 못했다. 사회의 정해진 틀에 맞춰 사는 것이 안전하면서도 당연하다고 여겼기 때문이다. 그러나 지금, 나를 중심으로 둬볼 만큼은 세상을 살았으니 남의 눈치 따위는 제쳐두고 생각하기로 했다. 충분한 은둔의 시간, 몸을 쓰며 연마하는 기술, 작품을 만드는 창의성까지 여러모로 딱 들어맞는 일 같았다.

목공은 삶을 윤택하고 밀도 있게 만들어주었다. 비록 아마추어지만 작가의식을 갖게 해주었고 적지 않은 경제적 도움을 준 것도 사실이다. 생각해보면 그 모두 사람에게서 나왔다. 목공을 배우며 또는 가르치며 사람을 알게 되었다. 목공이라는 주제 속에서 공감의 연대를 만들 수 있었다. 시인 정현종의 시구대로 '사람이 온다는 건, 그의 과거와 현재 그리고 미래가 함께 오는 어마어마한 일'이라는 사실을 경험한 셈이다.

오늘 만들어야 할 작품 도면을 가지고 나무 앞에 서면 자신감이 생기는데, 그보다 몇십 배나 작은 A4 백지 앞에 앉으면 언제나 막막하고 두렵다. 프로 작가나 전업 목수도 아니면서 목공에 관한 글을 쓰자니 부족함이 많아 몇 배의 에너지를 쏟았고 포기할까 생각한 적도 있다. 하지만 끝까지 붙잡고 있으면 무언가 결과물이 나온다는 것도 목공의 과정을 통과하면서 배운 사실이다. 그 밖에 나무가 가르쳐준 것들이 너무 많다. 사소하지만 울림을 주었던 것들, 평범하지만 삶의 진실이 담긴 것들, 경험하지 않았으면 보지 못하고 지나쳤을 것들. 이 모든 이야기를 공유하고 싶어 용기 내어 글을 써본다.

2024년 겨울

김준호

차례

2부. 나무를 깎고 있으면 여기가 숲

3부. 나이테처럼 나이들 수 있다면

1부.

인생에도 피톤치드가 필요해

정직한 결과물

인간관계에 실망하는 일이 처음도 아닌데 도무지 익숙해지지 않는다. 30년 지기 친구가 어느 날 연락 두절이 되고 가까운 친척이 왕래를 끊는 관계의 단명함에 지쳐갔다. 어렵게 만든 아이디어를 자신의 생각인 양 포장하고 그 보상을 받는 상사를 볼 때 답답해졌다. 한 길 사람 속 모른다는 말에 공감하면서도 나도 내 속내 다 드러내놓고 살지 않았음을 무겁게 돌이킨다.

처음 목공을 배우며 느낀 건 '정직'이었다. 나무는 정직했다. 노력한 만큼 단단한 골격이 나왔고 투자한 만큼 마감은 깔끔하고 정교해졌다. 목공은 팔 할을 몸으로 한다. 근육의 섬세한 움직임과 손끝의 미묘한 감각으로 고스란히 결과를 내는 작업이다. 요행이 있을 수 없고 운에 좌우되지 않는다. 나무가 지닌 곧고 바른 특성 그대로다.

목공의 기본은 나무를 수직과 수평으로 재단하는 것이다. 나무를 자라온 결 방향으로 길게 톱질하는 것을 '켜기'라 하고, 결 반대방향(직각방향)으로 재단하는 것을 '자르기'라 한다. 하드우드*로 작업하는 규모 있는 공방에서는 켜기용과 자르기용 테이블톱**을 따로 갖춰놓기도 하지만 나는 겸용을 쓰고 있다. 나무를 켤 때는 테이블톱의 울타리 역할을 하는 조기대를 이용해 원하는 치수대로 절단한다. 자를 때는 마이터게이지***라는 장비를 이용해 수평이나 원하는 각도대로 절단한다.

켜기

자르기

---

* 활엽수. 눌림이나 찍힘이 생기지 않을 정도로 단단하고 색감이 다양하며 대개 가격이 높다. 참나무('오크'), 벚나무('체리'), 호두나무('월넛')가 대표적이다. 반대로 소프트우드는 침엽수다. 부드럽고 따뜻한 느낌을 띠며 밝은색이 많고 상대적으로 저렴하다. 소나무, 편백나무, 삼나무가 대표적이다.

** 테이블에 고정된 원형 톱날 위로 재료를 움직이며 절단하는 공구.

*** 두 축이 직각을 이룰 때 사용하는 한 쌍의 기어.

수직과 수평을 만드는 일은 비교적 간단하다. 톱날과 조기대의 간격이 기차 레일처럼 평행을 이룬다면 수직은 저절로 맞게 되어 있다. 또한 마이터게이지와 톱날이 정확히 직각이라면 자른 부재는 90도로 딱 맞는다. 그런데 이 각이 조금만 틀어져도 문제가 생긴다. 영점이 맞지 않는 총을 쏠 때 과녁을 크게 벗어나는 것처럼, 처음에는 티가 잘 나지 않지만 결과물엔 수정할 수 없는 틈이 벌어진다. 그래서 각이 정확히 맞는지 그때그때 장비를 점검하고 세팅을 다시 해주어야 한다.

목공 작품을 만드는 일은 우선 치수대로 나무를 재단해놓고 그다음 조립하는 과정이다. 즉 치수에 맞게 재단하는 것이 첫 단추다. 나무의 결을 고려하여 자르기와 켜기를 병행해가며 부재가 수직 수평이 맞도록 잘 절단되었는지 늘 확인하면서 작업한다. 빛 샐 틈 없이 직각이 잘 맞는 정직한 각도를 만날 때면 몸에 꼭 맞는 옷을 입은 것처럼 편안한 느낌이 든다.

그러고 보면 이 또한 사람 관계의 틈이 벌어지는 원리와 닮아 있다. 자주 살펴야 하는 건 목공의 각도만이 아니다. 가까운 이와의 관계도 혹시 어디선가 각도가 틀어져 있지는 않은지, 관계의 균형이 벌어져 나중에 돌이킬 수 없는 거리로 멀어지지 않는지 수시로 확인하고 점검해야 한다.

나무 냄새

향수를 좋아한다. 해외여행 가면서 면세점에서 한두 개 사 모은 것, 생일에 선물 받은 것, 가끔은 향이 좋아 충동구매한 것까지, 30여 개쯤 되어 한 바구니가 넘는다. 많이 뿌리지는 않는 편이라 아껴 쓰면 몇 년을 쓰곤 한다.

향에 민감하다 보니 나무가 내뿜는 독특한 향기에도 기분이 좋아진다. 막 주문한 새 나무에서 나는 냄새는 여느 향수에 비할 데 없이 싱그럽고 신선하다. 나무 향의 으뜸은 역시 편백나무다. 마스크를 쓰고 작업해도 톡 쏘는 알싸한 향기가 비집고 들어와 코를 자극한다. 편백나무 작업을 하는 날에는 베란다 목공소뿐만 아니라 온 집 안이 편백 향에 물든다. 건강에 좋다는 피톤치드가 가장 많다는 나무답게 어느덧 숲속 여행을 하는 것 같다.

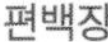
편백장

편백나무는 항균 및 살균 작용이 뛰어나다고 알려져 고급 내장재로 많이 쓰인다. 편백나무로 거실장을 만들어보았다. 가족의 모습을 형상화한 것이 작품의 컨셉이다. 맨 위 두 칸은 두 번 실패하고 숨은 경첩을 간신히 달아 여닫이 공간을 완성하였고, 위 서랍 네 개는 중간레일을 파서, 아래 서랍 두 개는 서랍레일을 부착해서 완성했다. 서랍의 앞판은 가래나무 원목이다. 무늬가 연결되도록 했는데 결이 뚜렷하지 않아 의도한 것보다 디자인 효과가 떨어지는 듯하다. 실수를 거듭하며 꼬박 며칠을 주무른 덕에 작품을 거실에 설치할 때쯤 집 안은 온통 편백나무 향으로 잔치를 벌였다. 그날부터 퇴근하고 돌아오면 편백 향이 먼저 나를 반겨준 기억이 난다.

편백나무는 물에 닿으면 그 향을 더 발산한다. 그래서 사우나 마감 재료로 쓰인다. 일본어로 '히노끼탕'이라고 쓰여 있는 욕조의 그 나무가 바로 편백나무다. 거기에 착안해 편백나무 방향 스틱을 만들어보았다. 편백나무로 사각 박스를 짜고 그 안에 컵을 넣을 수 있게 디자인했다. 컵에 물을 담아 편백 스틱을 꽂아두면 자연스레 편백 향이 퍼지게 된다. 잡냄새 제거와 피톤치드 발산에 좋다고 하여 책상과 거실에 놓아두고 있다.

편백나무 작업을 하다 보니 자투리가 많이 남았다. 편백나무는 꽤 비싼 편이라 버리기 아깝다. 다이소에서 망사를 천 원 주고 구입하여 그 안에 자투리 나무를 작은 큐브 형태로 잘라 꽉 채워 넣었다. 화장실에 걸어놓고 사용해보니 냄새 제거도 되고 공간이 쾌적해져서 여러모로 요긴하다. 이 또한 물에 담그면 향이 더 강해지므로 가끔 주머니를 물에 흠뻑 적셔 다시 걸어주면 향이 되살아난다.

편백 스틱

편백 주머니

캄포나무 도마

화장실 천연 방향제로 적격이다. 여러 개 만들어 지인에게 나눠주었더니 반응이 좋았다.

향 하면 뒤지지 않는 것이 캄포나무다. 캄포나무는 결의 모양이 수려하고 재질도 단단하여 도마 재료로 주로 쓰인다. 인터넷에서 수제 도마의 고급스러운 나뭇결과 우아한 자태를 감상만 하다 이번엔 직접 도전하기로 했다. 캄포나무 원목 판매처를 한 시간 정도 검색한 끝에, 경기도 고양시에 위치한 곳을 발견했다. '떡판'이라 불리는 원목 테이블용 상판을 중심으로 수십 종류의 원목과 도마용 나무를 전문적으로 판매하고 있었다. 인터넷 주문도 가능했으나 구경도 할 겸 직접 방문했다. 전시장을 가득 채운 은은한 나무 향이 잊히지 않는다.

이때 고른 나무로 만든 도마를 아직까지 잘 사용하고 있다. 캄포나무 또한 물에 닿으면 향을 더 발산하므로 도마를 쓰면서 캄포나무 향도 즐긴다.

편백이나 캄포만큼 단단하지는 않지만 피톤치드 향이 많이 나기로 유명한 것이 또한 삼나무다. 삼나무는 항균 효과가 뛰어나고 향이 강해 쌀통을 만들면 쌀벌레가 생기지 않는다고 한다. 이런 특성을 고려해 쌀통을 만들어 봤다. 정확히는 쌀자루 보관함이라고 해야 맞겠다. 쌀을 붓는 것이 아니라 봉투째 넣어놓고 사용하는 방식이다. 요즘의 핵가족 형태에 맞춰 10kg용 소형 사이즈로 만들었고, 습기가 생기지 않고 바람이 잘 통하도록 바닥을 높였고, 뚜껑을 여닫기가 편하도록 완전 개방형으로 제작했다. 마감은 원목 그대로의 향을 느낄 수 있도록 무도장, 무오일 샌딩* 처리했다.

삼나무 쌀통

---

* 흠집을 제거하고 표면을 매끄럽게 하기 위해 문지르는 일.

"냄새는 수천 마일 밖과 그동안 살아온 모든 세월을 가로질러 당신을 실어 나르는 강력한 마법사다."

헬렌 켈러는 이렇게 말했다. 문득 기분 좋은 여행을 떠나고 싶다면 바로 근처의 도마에, 장롱에, 테이블에 시선을 돌려보자. 잠시 아주 가까이 고개를 대어보자. 수십 수백 개의 향수 못지않게 나무들은 저마다 품은 향긋한 냄새로 당신을 생각지 못한 순간으로 이끌 것이다.

목공에서 나무를 여럿 이어붙여 하나의 큰 판으로 만드는 작업을 '집성'이라 한다. 나무를 집성하다 보면 종종 그런 생각이 든다. 나무의 결을 맞추는 것이 사람과 맞추어가는 일과 너무 닮았다고.

집성하는 과정은 다음과 같다.

우선 럼버(lumber) 상태의 나무를 구매한다. 럼버는 벌목된 원통형의 나무를 세로로 켜서 길고 네모나게 만든 판재를 말한다. 이를 건조하여 뒤틀림을 잡아주면 럼버 상태가 된다. 건조를 거친 럼버는 두께도 일정하지 않고 거칠다. 수압대패와 자동대패를 이용하여 세 개의 면을 일정한 두께와 직각 상태로 만든다. 마지막으로 테이블톱으로 가공되지 않은 한쪽 면을 자르면 가로세로로 직각이 맞는 일정한 두께의 원목 판재를 생산할 수 있다. 이렇게 가

테이블 상판(집성목)

공한 원목 판재를 이어붙이면 통원목보다 저렴한 데다 나무 무늬를 살린 다양한 크기의 판을 짤 수 있다. 집 안의 테이블이나 선반, 계단 등 인테리어를 둘러보면 집성목이 많이 사용돼 있을 것이다.

예를 들어 가로 1,200mm, 세로 800mm, 두께 20mm의 테이블 상판을 만든다고 가정할 때 1,200mm×800mm 사이즈의 단일한 판재를 사용하는 것이 아니라 1,200mm×200mm 판재 네 장을 붙여서 만드는 것이 집성이다. 판재 한쪽 면에 목공용 본드를 고르게 펴서 바르고 집성용 클램프*를 이용하여 단단히 조여준다. 판재끼리

---

* 조임쇠 등 물건을 조아서 움직이지 못하도록 고정시키는 도구.

단이 지지 않도록 수평을 섬세하게 맞추고 접합면 사이로 삐져나온 목공용 본드는 물걸레로 깨끗이 닦아낸다. 한 시간쯤 지나면 단단히 접착된 상태의 테이블 상판이 제작된다.

이때 주의할 점은 나무의 결을 자연스럽게 맞추어야 한다는 점이다. 무늬가 흐르는 방향으로 자연스럽게 결을 맞추면 보기에도 좋을 뿐만 아니라 집성한 티가 잘 나지 않는다. 하나의 넓은 판재로 보이는 것이다. 오랜 세월 자라며 띠게 된 세로방향의 결대로 붙은 나무들끼리는 더욱 단단하게 굳어 떨어지지 않는다. 강제로 분리하려 해도 접합면 주변이 뜯어지면 뜯어졌지 접합면은 그대로 붙어 있다. 마치 각기 달리 살아온 두 사람의 삶의 결이 인연이라는 접착제로 엉겨 붙어 쉽게 떨어지지 않는 것처럼 말이다.

반대로 나무의 결과 반대인 단면(나이테가 보이는 면), 일명 '마구리'라고 하는 면을 붙이면 그 면끼리는 잘 붙지 않는다. 접착력도 약하고 붙여도 쉽게 떨어져 버린다. 그래서 마구리끼리는 접합하지 않는 것이 목공 상식 중 하나다. 마치 이성과 논리로만 따져 상대방을 설득시키고자 하는 사람들처럼 하나로 화합하기가 어렵다.

프랑스 문호 로맹 가리의 《자기 앞의 생》은 '집성'

이라는 단어를 생각나게 하는 소설이다. 프랑스문학상인 공쿠르 상을 수상한 이 작품에선 사회로부터 소외된 밑바닥 인생들이 마치 집성하듯 삶의 결을 맞춘다. 아무 가진 것 없는 열네 살 소년 모모와 그를 키워준 매춘부 출신의 유태인 로자 아주머니는 힘든 고통의 시간을 통과한다. 로자 아주머니의 병으로 이 둘의 인연은 끊어질 듯 하지만 더욱 단단해진 사랑이 죽음의 경계선을 넘어서까지 이어진다. 모모가 이웃인 하밀 할아버지에게 사랑을 묻는다. '사람은 사랑 없이 살 수 있나요?'

지나온 과거가 그랬던 것처럼 앞으로 비 오는 날도 햇살 가득한 날도 올 것이다. 그 시간들이 새긴 삶의 결과 골을 우리는 사랑하는 사람과 조금씩 맞춰나갈 것이다. 결과 결이 붙어 또 하나의 무늬를 만들 것이다. 그렇게 만든 결은 나무를 닮아갈 것이다.

러시아의 대문호라 불리는 레프 톨스토이의 소설 《안나 카레니나》에 레빈이라는 인물이 농장에서 인부들과 함께 풀베기를 하는 장면이 나온다.

> 가장 무더운 때였지만, 그에겐 풀베기가 그다지 힘들게 느껴지지 않았다. 그의 온몸을 적신 땀이 그를 시원하게 해 주었고, 등과 머리와 팔꿈치까지 걷어 올린 팔에 내리쬐는 태양은 노동에 단단함과 끈기를 북돋아 주었다. 무의식의 순간이 점점 더 빈번하게 찾아들었고, 그럴 때면 자기가 무엇을 하는지 아무 생각도 들지 않았다. 낫이 저절로 풀을 벴다. 행복한 순간이었다.*

---

* 레프 톨스토이, 《안나 카레니나》(2권), 연진희 옮김, 민음사, 2009, p.42.

소설 속 레빈은 한 자루의 예리한 낫이 저 혼자 싱싱한 풀을 베고 있는 것 같을 정도로 완전 몰입 상태에 빠진다. 노동을 통한 몰입에서 오는 최고의 행복감을 맛본 것이다. 목공 작업을 하다 보면 레빈처럼 몰입의 무아지경에 빠질 때가 있다. 마치 손이 저절로 나무를 자르고 조립하고 다듬는 것처럼 의식과 몸동작이 일치하는 순간. 생활 속 스트레스에서 자유로워지는 순간이다. 잡념은 사라지고 시간은 순식간에 지나가 버린다. 분명 오전에 시계를 본 것 같은데 어느새 오후로 훌쩍 도착해 있다. 시계가 고장 난 게 아닌가 착각까지 했으니 망각의 집중력에 빠진 게 맞는 듯하다.

몰입 상태에서는 주변 감각도 무뎌진다. 크게 틀어놓은 라디오 소리가 들리지 않고 휴대폰의 진동도 느끼지 못한다. 그래서 목공인들 사이에서 목공은 '시간도둑'이라는 말이 있다. 시간 가는 줄 모르고 하는 작업이 즐겁기만 하다. 책 《몰입》을 쓴 미국의 심리학자 미하이 칙센트미하이도 몰입했을 때의 느낌을 물 흐르는 것처럼 편안하고 자연스러운 행동이 나오는 상태의 느낌이며 하늘을 날아가는 자유로운 느낌이라고 하지 않았던가.

매주 토요일 아침 10시, 베란다에 들어선다. 스마트폰 앱을 켜 노동요를 틀어놓는다. 장비들을 하나씩 점검한다. 톱밥 집진기*의 뚜껑을 열어 빨아들인 톱밥을 커다란 파란색 비닐봉지에 탈탈 털어 비운다. 그날 사용할 목재 두께에 따라 테이블톱의 톱날 높이를 조절하고 조기대의 유격을 점검하고 테이블톱 상판에 왁스칠을 하여 작업 시 부드럽게 부재가 밀리도록 조치해둔다. 컴프레서**의 공기압을 점검하고 나무 두께에 맞춘 적절한 길이의 타카***핀으로 갈아 끼운다.

다음으로 안전장비를 점검한다. 분진 흡입을 막기 위해 황사용 마스크를 쓰고, 손에 꽉 붙는 작업용 슈퍼그립 장갑을 끼고, 주머니가 많이 달린 목공용 안전 앞치마를 걸친다. 기계톱을 돌리면 찢어지는 소음이 나므로 헬리콥터 조종사가 쓸 만한 커다란 귀마개까지 챙기고 나면 작업 준비 끝이다.

도면을 확인하고 오늘 작업할 분량을 되새기고 몸을 움직이기 시작하면 점점 몰입 상태로 빠져든다. 준비운동을 끝내고 본 게임에 몰입하는 운동선수처럼 적당한 긴장감을 즐기며 동작 하나하나를 이어간다. 작업실에는 오직 나무와 나만 존재한다. 의식보다 앞선 몸은 익숙한 듯 적당한 사이즈의 나무를 고르고, 무늬와 결 방향을 확인하

---

* 분진을 흡입하는 기계장치.
** 공기나 기체를 압축하는 기계.
*** 못이나 핀 등을 박는 도구.

고, 재단하고, 절단하고, 조립한다. 부재의 각을 세우고 수직과 수평을 확인한다. 부재에 마킹을 하고 위치를 확인한다. 서서히 작업에 빠질 때면 가벼운 리듬을 타는 느낌이다. 마치 뇌는 뒤에서 관조하고 손발이 알아서 제 할 일을 척척 하는 것 같다. 실수 없이 계획대로 진행될 때는 콧노래까지 흥얼거린다. 어깨와 손, 다리와 허리 근육이 발맞춰 행진하듯 착착 보조를 맞춘다. 흐름을 탄 몰입 상태. 여행을 떠나지 않고도 2평 베란다에서 제주도의 드넓은 바다에 가 있는 해방감을 맛볼 수 있다.

해가 저물었다. 하루치 작업 분량을 끝내니 벌써 저녁 6시다. 작업복을 벗고 베란다에서 거실로 퇴근한다. 기분 좋은 피곤이 밀려온다. 막걸리 한잔과 따뜻한 저녁 한 끼로 몸은 완전히 이완된다. 오늘 열심히 한 일에 대해 그리고 다음 주 힘내서 할 일에 대해 생각하며 잠자리에 든다. 5분도 안 돼 스르르 눈은 감기고 그런 날은 단잠을 잔다.

목공을 하기 전까지 가구를 볼 줄 몰랐다. 어떤 게 좋은 가구인지, 어떤 게 좋아 보이기만 하는 가구인지, 어떤 게 오래 쓸 수 있는 건지, 어떤 나무가 좋은 나무인지 구별하기 어려웠다. 목공을 통해 나무의 특성과 성질을 파악하고 나선 어떤 나무를 어떤 용도로 써야 하는지부터 어떤 게 원목 흉내만 낸 속 빈 모조 가구인지 눈에 들어오게 되었다.

접착제와 화학물질을 섞어 만든 M.D.F(Medium

M.D.F

PB

Density Fibreboard) 위에 얇은 무늬목을 붙인 가구들이 있고, 재활용 소재인 나무를 부수어 작은 알갱이로 만든 뒤 접착제로 붙여 만든 PB(Particle Board) 제품도 있다. 우리가 대체로 알고 있는 싱크대도 이런 PB로 만들어지곤 한다.

나무를 잘 모를 땐 종종 겉에 덧씌워진 무늬만 보고 가구를 골랐다. 원목인 줄 알고 산 옷장이 인공 나무인 걸 나중에 알아 한동안 냄새 빼느라 골치가 아팠던 기억이 있다(접착제로 인해 안 좋은 냄새가 난다). 분명히 원목처럼 보여도 제품 안과 뒤를 통통 두드려보고 속이 텅 비어 있는지 꼭 확인해야 한다.

원목 가구로 사용하는 나무는 크게 두 가지로 구분한다. 하드우드와 소프트우드다. 하드우드는 말 그대로 단단한 나무를 뜻하는 것으로 잎이 넓은 활엽수가 주를 이룬다. 나무의 결이 단단하고 견고하여 휘어짐이나 갈라짐이 적은 것이 특징이다. 나무의 질이 좋은 만큼 외관도 수려하고 가격도 고가다. 대표적인 나무로는 참나무인 오크, 물푸레나무인 애쉬, 호두나무인 월넛, 자작나무, 오리나무 등이 있다.

소프트우드는 무르고 연한 나무를 일컫는다. 하드우드와는 대조적으로 잎이 뾰족하고 곧게 자라는 침엽수가 대부분이다. 소프트우드는 손톱으로 긁으면 자국이 남을 정도로 나무의 질이 부드럽고 연하다. 이런 부드러운 재질 덕에 가공이 용이하고 가격이 저렴하다는 장점이 있다. 반면 너무 부드러운 나머지 찍힘이나 눌림에 약하여 내구성이 떨어진다는 건 단점이다. 대표적으로 삼나무, 레드파인(적송), 스프러스, 편백나무 등이 있다.

세상에 모든 단단하고 속이 꽉 찬 것이 가치가 있듯 나무 또한 소프트우드보다는 하드우드가 질과 결이 좋고 가격도 비싸고 우수하다. 가구를 만들어놓았을 때의 색깔과 느낌, 향기와 무늬에서 나오는 고급스러움은 소프트우드가 따라오지 못한다. 특히 내가 좋아하는 질은 초콜릿색의 월넛을 사용한 가구는 마치 우아하게 잘 차려입은 귀족을 보는 것만큼이나 중후하고 고급스러운 느낌을 준다.

1 참나무(하드우드)
2 월넛 테이블
3 스프러스(소프트우드)

나는 작업 시 소프트우드 집성목을 주로 사용한다. 집성목은 인위적으로 자르고 이어 붙여 만든 나무이므로 사이즈와 두께도 다양하고 가격이 저렴하다. 내구성은 하드우드를 따라가지 못하지만 변형이 적고 가공이 용이하다는 큰 장점이 있다. 적당히 작은 소품류를 만들기에 고급스러운 하드우드는 쓰임의 용도보다 지나치게 질이 좋다고 판단하여 레드파인이나 삼나무 집성목을 쓴다.

이처럼 같은 가구라도 어떤 나무를 사용하느냐에 따라 품격이 달라진다. 인위적으로 가공해 만든 가구는 두드려보고 만져보고 뒤집어보고 해야 그 속을 알 수 있다. 눈으로만 봐선 구별하기 힘든 이중성, 겉은 그럴듯하지만 속은 비어 있는 표리부동함, 재활용할 수 없는 일회성까지 인간이 가지고 있는 안 좋은 모습과도 묘하게 닮은 구석이 있다. 반면 속이 꽉 찬 원목은 겉과 속이 다르지 않다. 시간이 지날수록 은은히 풍겨오는 고급스러움, 휘어지거나 변형되는 경우가 적어 한 번 가구를 만들어놓으면 오래 두고 쓸 수 있는 내구성, 무엇보다 그것이 가지고 있는 본질 그대로의 무늬와 향기를 끝까지 간직하는 속성도 마음에 든다. 나무를 만지며 나를 돌아본다. 나는 원목일까, 원목처럼 흉내만 낸 M.D.F일까?

깔끔한 마무리란

몇 해 전 특별한 모임에 다녀왔다. 주최자는 대장암으로 투병 중인 분인데, 지인들을 초대해 조촐한 식사대접을 한다고 했다. 40~50명 정도 되는 사람들이 모인 자리는 무겁지도 가볍지도 않은 분위기였다. 시한부 삶을 걱정해주는 사람들보다 오히려 당사자가 더 밝고 담담한 표정으로 고마웠다는 인사와 인연의 소중함을 간직하겠다는 말을 전했다. 비단 보자기에 싼 작은 선물을 가지고 돌아오는 길이 내내 먹먹했다. 6개월 후 그분은 세상을 떠났다.

미국의 경제학자이자 평화주의자이며 반자본주의자인 스콧 니어링은 검소한 생활의 실천을 위해 부인 헬렌 니어링과 함께 버몬트 주의 자연으로 돌아간다. 그는 80대 중반부터 30가지 지침을 만들어 죽음의 방식을 정한다. 100세가 되던 해 스스로 곡기를 끊고 한 달이 되던 날 죽음을 맞이한다. 헬렌 니어링은 그가 죽음을 맞이하는 과정을 책 《아름다운 삶, 사랑 그리고 마무리》에 사실적으로 묘사해놓았다. 스스로 삶의 마지막을 준비한다는 건 어떤 의미일까? 삶의 깔끔한 마무리란 무엇일까?

목공에서는 무엇보다 깔끔한 마무리가 중요하다. 처음 목공을 시작하고는 나무의 종류와 특성에만 집중하여 부속물의 중요성을 인식하지 못했다. 목공의 시작은 나무이나, 마지막 완성은 부속물의 정교함이다. 샌딩을 하고 오일이나 페인트를 바른 후 최종적으로 손잡이나 경첩을 달아주어야 마감이 깔끔하게 떨어진다. 대표적인 부속 철물로 손잡이와 경첩, 레일을 들 수 있다.

손잡이는 나무, 금속, 플라스틱 등 종류가 수십 가지이고 가격 또한 천차만별인데, 나는 나무로 직접 만들어 사용하길 좋아한다. 하드우드인 멀바우* 집성목을 적당한 길이로 절단한 다음 트리머**를 이용해 손끝이 닿는 안쪽 부분을 둥글게 파낸다. 손잡이의 그립감을 높이기 위해 엄

---

* 인도네시아, 말레이시아, 인도, 미얀마 등에서 자라는 나무로 대단히 무겁고 단단하다. 집성목 중에서 내구성이 좋아 가구, 계단재, 악기 등 많은 곳에 사용된다.

** 목재에 홈을 파거나 모서리 끝에 모양을 낼 때 사용하는 전동 공구.

나무 손잡이

지손가락 잡는 부분은 테이블톱으로 45도 모따기* 한다. 샌딩 후 오일이나 바니시**로 마감한 다음 순간접착제로 서랍 앞판에 부착하면 완성이다.

경첩 달기 또한 마무리 단계의 작업이다. 자칫 실수라도 하면 작품을 다 완성하고도 문이 안 열리는 사태가 벌어진다. 꼼꼼하고 세심한 손길이 필요하다. 가장 대표적인 나비경첩을 부착할 경우, 끌***이나 트리머로 그 자리를 미리 깎아주고 센터드릴을 이용해 나사 자리를 정확히 내준 다음 나사를 박아야 한다. 센터드릴은 나사가 정확히 중간지점에 직각으로 박히도록 유도하는, 경첩 달기에 꼭

---

* 모서리를 둥그스름하게 깎는 일.

** 공예용 마감재로 속칭 '니스'라고 부른다.

*** 망치로 때려 재료를 긁어내거나 잘라내는 공구로, 톱이 목재 조직을 주로 가로로 절단한다면, 끌은 세로로 많이 쓴다.

기성품 손잡이

필요한 장비다. 경첩 프레임과 문 사이에 2~3mm의 미세한 간격이 있어야 하므로 끝까지 집중을 요한다.

레일은 주로 서랍에 부착하는데 3단레일, 댐퍼레일, PVC서랍레일 등 시중에 판매되는 종류가 다양하다. 어떤 레일을 쓰느냐에 따라 서랍 내부 높이가 달라진다는 점에서 미리 내부 사이즈를 고려하여 레일 종류를 결정해야 실수가 없다. 서랍을 직접 만든다면 측판의 휨과 서랍의 수축·팽창까지 감안하여 제작해야 한다. 이를테면 나무는 심재**** 쪽으로 휘는 성질이 있는데 이를 무시하고 반대쪽으로 제작하면 서랍이 안 열리거나 뻑뻑하게 열리는 불편함을 초래할 수 있다.

**** 굵은 나무를 횡단면으로 잘랐을 때 한가운데 짙은 부분을 말한다. 변재는 심재 바깥의 옅은 부분을 말한다.

이렇듯 목공에서 깔끔한 마무리를 위해서는 사전 설계와 작업 순서가 중요하다. 적어도 이 작업의 끝을 생각하며 공정대로 진행하다 보면 완벽한 마무리를 만날 수 있다. 우리의 삶 또한 끝이 있음을 기억하며 인생의 나날들에 충실하다 보면 마지막 순간 깔끔한 마무리가 되지 않을까?

영화 〈미 비포 유〉는 교통사고로 전신마비가 된 청년 윌과 간병인 루이자의 이야기를 그린다. '당신을 만나기 전의 나'라는 제목처럼 두 사람이 서로에게 스며들기 전과 후는 다르다. 삶을 진심으로 사랑한 만큼 존엄하게 마무리 짓기로 선택한 윌은 하고 싶은 것 없이 살아가던 루이자에게 이렇게 말한다. "루이자, 당신이 가진 게 뭐게요? 가능성! 멀리 봐요, 인생은 한 번뿐이에요. 최대한 충실히 사는 게 자신의 의무예요."

목공을 하며 느끼는 것 중 하나는 우선 발을 들여놓고 한 걸음씩 떼다 보면 어느덧 길 중간에 와 있다는 사실이다. 하나하나의 단계에 집중할수록 부쩍 성장한 손기술과 만나게 된다. "대담해져요, 끝까지 밀어붙여요, 안주하지 말아요"라는 윌의 대사처럼, 반드시 끝이 있는 이 삶에서 하루 그리고 또 하루 소중히 임하다 보면 결국 후회 없는 마지막을 만나리란 생각이 든다.

도종환 시인은 "내가 울면서 쓰지 않는 시는 독자들도 울면서 읽지 않는다"고 말했다. 시인이 상처 후에 쓴 시 〈옥수수밭 옆에 당신을 묻고〉는 그 말처럼 독자의 마음을 적시고 깊은 아픔에 공감하게 한다. 장석주 시인의 시 〈대추 한 알〉은 우리가 그냥 스쳤던 평범한 대추의 지난한 삶 속으로 들어가 대추가 붉어지기까지 만났던 땡볕과 천둥의 날들을 엿보게 한다. 시인들은 어떻게 이런 시를 쓸 수 있는 걸까?

책 《감성의 끝에 서라》는 누구나 그런 예술가의 창조성을 가질 수 있다고 소개한다. 시인이 시를 쓰는 방법을 배우면 되는데, 바로 일체화(一體化) 되는 것이다. 대상물과 하나가 되는 것. 역지사지의 단계를 넘어 감성의 끝까지 가면 대상이 이면에 감추고 있는 삶의 본질을 볼 수 있다고 한다.

목공은 어떨까? 목공예(木工藝)라는 학과가 있을 정도니 목공도 예술의 측면을 띨 것이다. 목공 과정은 '설계', 즉 작품을 구상하고 형태를 디자인하는 일부터 시작한다. 목공 전 단계에서 사실 이 부분이 가장 흥미롭다. 예술가들이 느낀다는 대상과 일치되는 감정을 느낄 수 있기 때문이다. 작품 구상을 할 때면 일상이 온통 그 생각에 빠진다. 길을 걸어도 운전을 해도 밥을 먹거나 술을 마실 때도 머릿속 디자인 공장은 비슷한 형태를 찾아 열일 중이다. 지하철의 쓰레기통이 눈에 들어올 때, 독특한 모양의 건물이 보일 때, 얼른 메모장을 꺼내 스케치해둔다.

공방에서 수업을 받던 중 자유작 과제가 있었다. 원하는 대로 디자인을 하고 그대로 제작해보는 과정이다. 무엇을 만들까. 각도별로 형태가 다른 서랍장을 만들까, 큐빅처럼 정사각으로만 된 서랍장을 만들까, 위아래를 돌리면 움직이는 서랍장을 만들까, 이 궁리 저 궁리를 했다. 그때는 마치 서랍장이라는 안경을 끼고 세상을 보는 듯했다. 그러던 중 사람의 모습을 형상화하여 서랍장을 만들면 재밌을 것 같다는 생각이 들었다. 컨셉을 정하고 썸네일 스케치를 하다가 디자인을 발전시켜 아빠를 닮은 서랍장을 만들기로 했다.

위쪽 서랍 두 개를 포함해 전체적인 주 목재로 하

드우드인 오크를 사용하되, 아래쪽 큰 서랍은 진하고 중후한 느낌의 월넛으로 수염을 표현하였다. 옛날 아버지의 모습처럼 다리는 비교적 짧게 그리고 앞으로 행진하듯 씩씩하고 생동감 있게 각도를 주어서 디자인했다. 위쪽 서랍에는 맑고 동그란 눈을, 아래쪽 서랍에는 아이들을 보고 인자하게 웃는 입모양을 손잡이로 파서 만들었다.

아빠 서랍장

얼마 전 보조강사로 참여한 직장인 대상 목공 수업 때도 비슷한 일이 있었다. 세 명의 수강생에게 각자 만들고 싶은 작품을 디자인 해오라는 과제를 냈다. 다들 디자인과 상관없는 IT 부서에 근무 중인 수강생들이었다. 일주일 후 제법 그럴싸한 스케치들을 해왔다. 아이디어 스케치와 도면, 치수까지 고심한 흔적이 역력했다. 그중 한 수강생이 디자인한 테이블이 독특하여 설계하는 데 힘들지 않았냐고 물었다. 그러자 그는 "일주일 내내 이것만 생각했습니다. 내 인생에 이렇게 몰두해본 적이 없어요. 일주일이 아주 즐거웠습니다"라고 말했다.

그는 일주일 내내 창작의 과정을 즐겼을 것이다. 예술이 별건가? 내가 구상하고 설계해서 세상에 무언가 가치 있는 것을 만드는 작업이 창작이고, 그 과정에서 일체화를 경험할 수 있다면 그걸로 만족이다. 그러니 아무리 소소한 것이라 할지라도 예술로 발전시킬 수 있다고 생각한다. 우리 자신도 목공을 통해 생활 속 작은 예술가가 되어보는 건 어떨까.

잠깐 쉬었다 가기

또 실수했다. 잘라야 할 곳, 붙여야 할 곳, 뚫어야 할 곳, 철저하게 표시해두었음에도 불구하고 앞에 부착해야 할 다리를 뒤에 붙이고 위아래를 거꾸로 붙이는 건 무슨 조화인지 모르겠다. 손잡이 잘 만들어놓고 위를 향해 부착한 적도 있다. 스스로도 한심해서 한동안 말문이 막혔다.

손잡이 실수

그 밖에 모서리를 반대로 결합한 경우, 나무의 결을 맞추지 않고 생각 없이 조립한 경우, 엉뚱한 곳에 구멍을 뚫어 처음부터 다시 만들어야 했던 경우 등 황당한 실수도 많다. 요령껏 표 안 나게 마무리를 하긴 하는데 아는 시험문제 틀려서 두고두고 속상해하는 학생처럼 볼 때마다 아쉽다. 자세히 보지 않으면 알 수 없는, 자신만 알아보는 실수다. 들키지 않으려 어설프게 포장은 하나 언젠간 들통날 것 같은 불안한 마음이 든다.

하루는 너무 답답해서 목공 장인 선생님께 왜 말도 안 되는 실수를 반복하는 건지 물었다. 선생님의 답은 간단했다. "한 번에 다 끝내려고 하니까 그렇지. 30분쯤 쉬었다 다시 해봐. 그러면 보여." 선생님의 그 말이 종소리처럼 마음을 때리고 지나갔다. 아, 쉬었다 가야 하는 거구나.

한번 시작하면 쉼 없이 작업해왔다. 돌아보면 무조건 끝내겠다는 목표의식으로 달려드는 내가 보였다. 급한 성격까지 한몫하여 바로 앞의 실수를 두고도 무작정 밀고 나갔다. 그러고 보니 매사에 과도한 목표지향적 생활방식이 아예 습관화된 것 아닌가 하는 생각에까지 이르렀다. 이를 고쳐보기로 했다.

목공을 하며 바뀐 점 중 하나는 이제 작업을 하면

의식적으로라도 중간에 멈춘다는 것이다. 선생님 말씀대로 하나의 공정이 끝나면 잠시 쉬었다가 거리 두고 관찰하기를 실천한다. 그리고 다음 공정을 진행한다. 그렇게 하다 보면 지금껏 작업한 내용과 앞으로 주의해야 할 부분이 눈에 들어와 확실히 실수가 줄어든다. 자학하는 기분을 덜었고, 작업이 쉬워졌고 재미가 더해졌다. 어떤 스님의 글귀대로 '멈추면 비로소 보이는 것들'이었다. 그래서 지금 나의 브랜드 네임은 '슬로우 우드 라이프(Slow Wood Life)', 천천히 가는 목공 인생이다. 일하는 책상에도 '쉼표'라는 작품을 만들어 두었다. 서랍 앞판은 부담 없는 부드러운 파스텔 컬러로 마감하고 바니시 도장으로 마무리했다.

책상 위의 쉼표

빠르게 가는 것이 무조건 바르게 가는 것이 아님을, 쉬었다 가는 것이 낙오되는 것이 아님을 몸으로 일하며 배웠다. 연주를 하지 않는 바이올린의 줄은 느슨하게 풀어줘야 다음 연주에서 제 소리를 낸다고 한다. 속도를 내고 갈 때는 빠르게, 느리게 돌아볼 때는 천천히, 박자와 리듬에 맞춰 우아한 춤을 추듯 슬로우 슬로우 퀵 퀵. 쉼과 감이 적절한 균형을 이루도록 삶 곳곳에 여유를 두는 생활을 권해본다.

헤아림 연습

아무렇지 않게 내뱉은 한마디 말도 남들에게 알게 모르게 영향을 준다. 하물며 타인을 돕고자 상담하면서 명백히 상처를 준 뜨끔한 기억이 있다. 40대 여성 창업자와 상담할 때 나는 취약계층을 위한 다둥이 지원정책을 소개할 마음에 무심코 "아이가 몇이세요?"라고 질문했다. 그녀는 잠시 생각하더니 "저 아직 결혼 안 했는데요"라고 읊조렸다. 순간 당황해서 말을 잇지 못했다. 스스로가 창피해져 그 자리를 뜨고 싶었다. 간신히 뒤늦은 친절로 상담을 마무리하였으나 그녀가 받았을 상처를 생각하면 지금도 고개가 숙여진다. 이후로 질문 하나, 말 하나가 조심스러웠다.

맞춤형 주문 제작을 의뢰하는 많은 고객이 치수를 낯설어한다. 도면을 접한 경험이 없고 특히 외부 사이즈만 신경 쓰기 때문에 나무 두께를 뺀 내부 사이즈의 고려 없이 구상하는 경우가 잦다. 자칫 다 완성했는데 몇 mm 차이로 물건이 안 들어가면 무용지물이다. 그래서 고객이 치수를 어려워할 때는 역으로 제안을 한다. 용도를 묻고, 그에 맞는 사이즈에 관해 직감과 경험에 바탕한 의견을 내놓는다. 가령 좌우로 1cm 정도 늘리자, 높이는 5cm 정도 줄이는 게 좋겠다, 서랍이 지나치게 높으면 사용하기 불편하므로 내부 사이즈를 조금 낮추는 게 어떻겠냐 같은 식이다.

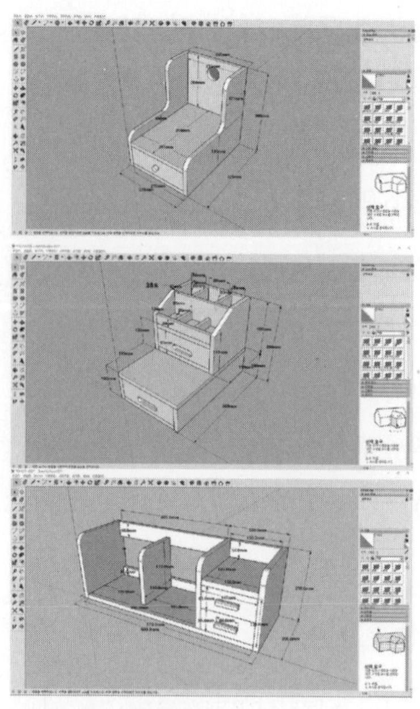

스케치업 사전 도면

고객들은 대부분 동의하는 편이고 실제 물건을 받아보았을 때 만족감도 높다. 그래서 이젠 주문 의뢰가 들어오면 도면 프로그램 '스케치업'부터 켜서 순서대로 제작해보고 프린트한 도면을 사진 찍어 의뢰인에게 보낸다.

예상도를 놓고 디자인이나 사이즈 변경에 대한 의견을 나누다 보면 훨씬 수월하게 협의가 이루어진다. 단지 가로, 세로, 높이를 숫자로 제안하기보다 3D 입체 도면을 보내고 정확한 사이즈와 디자인을 눈으로 확인하게끔 하니 고객의 이해도가 확연히 다르다.

'미리 짐작하여 가늠하거나 미루어 생각하다'라는 헤아림의 사전적 의미를 생각한다면 목공의 작업 순서도 이와 비슷하다. 고객과의 사전 소통은 역시 상대방 입장에서 미루어 짐작하는 것에서부터 시작한다. 그 사람의 눈으로 보면, 사이즈 감각이든 도면의 필요든 내가 너무 당연하게 여겨 놓치고 갈 뻔한 사실이 보인다. 더욱이 예기치 않은 말과 행동으로 상대에게 마음의 상처를 남기지 않으려면, 헤아림의 연습은 평생 놓지 말아야 할 숙제와 같다.

좋아하는 것과 사랑하는 것의 차이

집 옆에 아주 조그만 땅이 있다. 땅이라고 하기도 민망한, 빌라 건물을 폭 50cm 정도로 두른 화단 같은 것이다. 언제부터인가 이 작은 공간에 꽃을 심으면 어떨까 하는 생각이 들었다. 사람들이 쓰레기도 안 버리고 보기에도 좋지 않을까 싶어서였다. 얼마 전엔 마음먹고 쓰레기를 치운 뒤 땅을 일구고 호미로 골을 파서 꽃씨를 뿌렸다. 채송화, 맨드라미, 금잔화, 수선화, 나팔꽃에 해바라기까지 각종 씨앗과 모종을 사다 열심히 심었다. 한나절 걸려 그렇게 가꾸고 나니, 그동안 무심히 지나쳤던 공간을 출퇴근 때마다 '잘 자라고 있나?' 하며 한 번씩 들여다보고 자꾸 살피게 된다. 언제부터 이렇게 꽃을 좋아했나 피식 웃음이 나오면서 조그만 희생이 어떤 의미로 다가옴을 느꼈다.

가족도, 일도, 공부도, 목공도, 세상의 모든 사랑하

는 것들엔 응당의 희생이 따른다. 우리는 살면서 많은 것들을 좋아하지만 희생을 동반하지 않는, 단지 좋아함으로 그치고 마는 경우가 많다.

목공을 시작하곤 한동안 빈 공간만 보면 꼭 뭘 만들어 채워 넣어야 할 것 같은 열정에 사로잡혔다. 지인의 집에 놀러 가도, 사무실 자투리 공간을 봐도 그곳의 용도에 맞는 무언가의 디자인이 머릿속에 맴맴 돌던 때였다. 주말 내내 작업하고도 모자라 휴가를 내서 더 했고, 목공 전시회에서 본 작품을 따라서 일부러 숨은 경첩을 사 달아 보기도 했고, 도마용 재료를 구하기 위해 경기도 일산으로 달려가 나무를 구해오곤 했다.

그런데 어쩐 일인지 3년쯤 지나고 나선 불같은 열정은 사라지고 기술이 몸에 익었다는 우쭐한 생각이 들었다. 적잖게 주문이 들어올 때면 이제는 재료비라도 받고 만들어야지 돈 안 받고는 못 만들겠다는 게으른 배짱까지 부리고 있지 뭔가. 내공과 기술의 폭이 좁아 프로라 하기에는 부족함이 많고 아마추어가 느끼는 재미와 열정은 줄어든 상태. 이러다 잔재주만 늘고 목공의 재미를 잃어버리는 거 아닌가 겁이 날 때쯤 신영복의 서화 에세이 《처음처럼》의 글귀를 접했다. '산다는 것은 수많은 처음을 만들어 가는 끊임없는 시작입니다.'

목공이라는 작업을 처음 시작할 때를 돌이켜보니 나는 목공을 내 삶의 여백으로, 일탈의 방편으로, 몰입의 즐거움으로 그리고 내가 사는 방식으로 선택했다. 목공이 주는 그 가치들은 변함이 없다. 그만큼 목공을 위해 내가 지닌 것을 일부 희생하였고 애착은 어떤 형태로든 남아 있다. 목공이 이제는 좋아하는 것을 넘어 사랑하는 대상으로, 오랜 세월 같이한 중년부부의 모습으로 남아 있다고 해도 좋을 것이다.

자신의 일이나 관계에 대한 처음의 호기심 어린 열정은 줄었을지라도, 마냥 즐겁던 기분에 고단함이 더해졌을지라도, 계산 없던 머리에 셈법이 늘더라도, 그것이 더 이상 나와 맞지 않는다거나 좋아하지 않는 거라 단정 내리지 말자. 좋아함은 희생과 세월의 더께가 쌓여 사랑으로 변화하니 말이다. 다만 그 사랑을 오래도록 지키기 위해 가끔 처음을 돌아보는 일도 중요하다. 《채근담》에는 '일이 막혀 고달픈 사람은 첫 마음을 생각하라(事窮勢蹙之人 當原其初心)'는 말이 적혀 있다. 처음 대할 때의 근면함과 겸손함을 잃지 않았는지 성찰하여 부족함을 메꿔가고, 그 과정을 즐길 수 있는 내공을 쌓는다면 사랑하는 대상이 주는 즐거움을 끝까지 맛볼 수 있을 것이다.

2부.

나무를 깎고 있으면 여기가 숲

2평짜리 베란다 목공소

봄바람이 살랑 부는 쾌청한 토요일 오후, 광명시에 있는 그의 아파트를 찾아갔다. 인터넷 사이트를 통해 알게 된 그는 '#203 objt'라는 닉네임을 쓰는 청년이었다.

그는 아파트 베란다를 개조해 목공 작업실을 만들었다고 했다. 그도 나처럼 직장인이었다. 궁금한 것들이 꼬리에 꼬리를 물었다. 어떻게든 눈으로 보고 싶어서 쪽지를 남겼더니 흔쾌한 허락이 돌아왔다. 호기심 가득한 마음을 안고 그의 집에 들어섰더랬다.

그때까지만 해도 나는 어떻게 개인 작업실을 만들까 궁리 중이었다. 몇 달 동안 수업을 받은 공방을 계속 다니려면 만만치 않은 사용료를 내야 했기 때문이다.

그의 베란다 목공실을 본 첫 소감은 '정말 좁다'였

다. 한 평도 채 안 되는 좁은 공간으로 한 사람 들어가면 뒤돌아 움직이기도 힘든 곳이었다. 이 정도 공간과 장비라면 나도 얼마든지 할 수 있겠구나 하는 자신감이 들었다. 공방을 다니며 덩치 큰 기계들만 보아왔던 터라 작업은 그렇게 큰 기계들로만 하는 줄 알았다. 그의 작업실을 방문하고 나서는 규모와 공간에 맞춰 작은 기계와 공구를 사용하면 얼마든지 집에서도 작업할 수 있다는 사실을 알았다. 그날 집으로 돌아오는 길에 베란다 목공소를 차리기로 결심했다.

우선 이사부터 계획했다. 첫 번째 조건은 적합한 베란다가 있는 곳이라야 했다. 한 달간 매물을 보던 중 5층 건물의 4층에 위치한 다세대 주택이 눈에 들어 계약했다. 베란다는 정남향. 현관으로 들어가 왼쪽 대각선 모서리에 직사각형 형태로 위치했다. 기역 자로 시원하게 꺾인 두 코너의 넓은 창으로 북한산이 훤히 내다보일 만큼 전망도 좋았다. 집주인이 빨래 건조대를 놓고 쓰던 공간이었다. 5.6m^2로 2평 채 안 되게 협소했지만 안쪽으로 긴 구조라서 목공 작업에 적합했다. 여기는 이것을 놓고 저기는 저것을 설치하고 나무는 이쪽에 정리하고 선반은 저쪽에 달아야지. 다음날 소풍을 앞둔 아이 같은 마음이었다.

공간 구성은 최소한의 비용을 들여 효율적으로 꾸

렸다. 우선 집에서 쓰던 주방 테이블의 상판에 코아합판* 두 장을 덧대서 직사각형 작업대를 만들었다. 테이블톱이나 집진기 같은 전기 장비를 사용해야 하므로 2구짜리 콘센트를 왼쪽 벽과 오른쪽 벽에 하나씩 설치했다. 야간작업에 대비해 레일조명 네 개를 달았다. 베란다와 연결된 창이 난 공간을 활용해 공구나 작업용 도구를 보관할 수 있는 선반도 만들어 달았다. 그리고 한여름 찜통 속 작업환경을 고려해 벽걸이 에어컨을 설치했다. 나중에 절감한 사실인데 만약 에어컨이 없었다면 볕 잘 드는 베란다 작업실은 사우나가 돼버렸을 것이고 작업을 포기했을지 모르겠다.

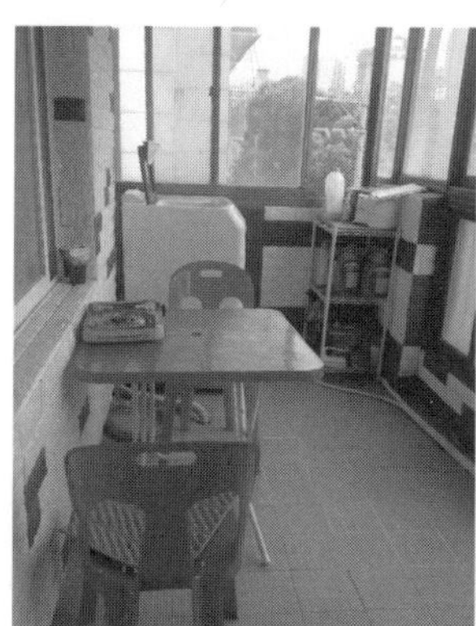
Before

After

* 두꺼운 심재(core) 위아래로 단판을 붙인 것.

몇 날 며칠을 고민하고 고생한 끝에 이렇게 베란다 목공소가 탄생했다. 세상 어디에도 없는 나의 공간이라는 생각이 들어, 괜스레 작업실 문 한번 열어보고 흐뭇해하고, 장비를 만져보고 씩 웃고, 얼른 작업할 주말이 오길 기다리고 그랬다.

이후 베란다 목공소에서 세 번의 봄을 맞았고 이제 막 지나온 늦여름을 보냈다. 작업을 하다 보면 터질 듯 만개한 벚꽃을 볼 때도 있고 가을이면 낭자하니 붉게 물든 단풍나무를 감상할 때도 있다. 비가 오면 비가 오는 대로 눈이 오면 눈이 오는 대로 집 앞 공원에 이렇게 다양한 모습이 있었나 싶을 정도다. 보지 않았으면 몰랐을, 겪어보지 않았으면 놓쳤을 변화들을 마주하는 게 즐겁다.

마치 영화 〈나니아 연대기〉의 벽장처럼 이 공간을 통해 그동안 속한 곳에서 전혀 다른 세계로 넘어간다. 이 순간 시도하고 있는 작은 시작이 지금껏 알지 못한 새로운 세상으로 인도하리라 믿는다.

공간은 확보했는데 장비를 채우는 게 문제였다. 목공 기술은 배웠으나 장비 구입은 처음이었다.

먼저 목공 작업에 가장 기본이 되는 테이블톱을 구입하기로 했다. 테이블톱은 원형 톱을 작업용 테이블에 장착하고 상판 위로 톱날이 올라오게 하여 그 위로 나무를 밀면서 재단하는 공구다.

테이블톱

직소기는 주로 나무판을 곡선으로 자르거나 절단하는 데 쓰는 장비인데 목공에서는 필수 장비이므로 구입했다.

직소기

트리머

다듬는 기계라는 뜻의 트리머도 구입했다. 주로 목재 모서리에 모양을 내거나 둥글게 다듬을 때, 홈을 팔 때 사용하는 공구다.

타카도 종류가 여러 가지다. 나는 주로 작은 소

품을 제작하므로 1마력짜리 소형 컴프레서와 함께 '제일 630'이라는 번호가 붙어 있는 실타카*를 구입했다. 그 밖에도 자유 곡선을 절단할 수 있는 스크롤쏘와 나사 길을 내주는 드릴드라이버와 나사를 조여주는 임팩트드라이버, 각종 클램프, 소형 바이스** 등도 사들였다. 정확한 치수는 무엇보다 중요하므로 연귀자, 직각자, 이동 스퀘어, 철자, 각도자, 줄자, 곱자, 각도기, 버어니어캘리퍼스*** 같은 측정 도구들도 완비했다. 오일과 바니시, 마감용 아크릴 페인트와 도장용 붓도 잊지 않았다. 그리고 필요한 각종 나사, 목공용 본드, 목심, 잡철물 등등으로 작은 공간을 알차고 효율적이게 채웠다. 장비와 공구 모두 합쳐 구입비로 대략 200만 원 정도 투자했다.

공구를 제대로 갖춰놓고 작업하는 공방이라면 수압대패나 자동대패, 각도 절단기, 드릴프레스, 라우터 같은 힘 좋고 무게감 있는 장비를 두어야 하는데 공간 여건상 비치할 수 없어서 포기했다. 다만 목수의 기본은 갖춰야 한다는 생각에 잘 다루지 못해도 톱, 끌, 대패, 이른바 '수공구 삼인방'을 두었다.

---

* 핀이 바늘처럼 매우 얇게(0.645mm) 되어 있는 타카.

** 물건을 두 돌기 사이에 끼워 작업대에 고정하는 공구.

*** 공작물의 길이를 정밀 측정할 수 있으며 두께, 구, 구멍의 지름 등도 잴 수 있는 측정구.

컴프레서

장비들

목공방의 첫 수업은 톱질부터다. 선생님의 지시대로 바르게 톱질하는 연습을 한다. 각재에 3mm 간격으로 얇은 선을 긋고 무채 썰듯 수직으로 한 톱 한 톱 정성스럽게 썬다. 분명히 직선을 썰어도 톱이 마음처럼 움직여주지 않아 삐뚤빼뚤 곡선을 그리기 십상이다.

끌도 앞뒤가 있고 잡는 법이 있다. 날을 나무에 정확히 조준하고 끌의 머리 부분을 잘 보고 쳐야 한다. 힘껏 내리치는 만큼 굉장한 집중을 요한다. 잘못했다간 손등을 칠 수 있다.

대패는 잡는 법도 어렵지만 대팻날을 뺐다 끼우는 작업이 만만치 않다. 어미날과 덧날로 되어 있는 대팻날을 대팻집 밑으로 0.01~0.02mm 정도 미세하게 나오도록 빼줘야 나무를 얇게 깎을 수 있다. 대패를 칠 때는 부재를 단단히 고정시키고 대패를 두 손으로 꽉 움켜잡고 단번에 힘껏 깎아내려야 한다. 모든 게 맞아떨어지면 국수 가락 뽑아지듯 얇고 일정한 두께의 나무가 돌돌 말려 나온다.

끌과 대패는 종잇장도 쉽게 자를 수 있도록 항상 날카로운 상태로 유지해야 한다. 800~1000방(입자가 많을수록 곱다) 정도의 숫돌로 갈고 더 고운 마무리 숫돌로 또 갈아준다. 끌과 대패를 갈 때는 그것들이 몸에 지닌 각도대로 숫돌에 밀착되도록 잘 잡고 무념무상의 마음으로 천천히 밀어주어야 한다. 경사면을 갈았으면 뒤쪽 수평면도 수평을 유지하며 갈아주면 언제든 쓸 수 있는 예리한 도구가 된다. 잘 갈린 대팻날은 거울처럼 투명하다.

기계가 없던 옛날 목공 장인들이 톱, 끌, 대패로 모두 수작업 했을 걸 생각하면 고가구들이 다시 보인다. 확실히 수공구를 사용하면 시간도 많이 걸리고 수고도 더

들어간다. 하지만 날의 예리함과 적당한 각도, 정확한 힘이 만나는 순간 호흡이 착착 맞는 콤비와 주거니 받거니 대화하는 기분이 드는 건 오직 수공구만이 갖는 매력일 것이다.

장비들은 베란다 목공소의 두 번째 손이다. 사물도 오래 같이 지내면 정이 든다는데 아마도 그럴 것 같다. 10만km를 타는 동안 발이 되어주었던 내 첫 차처럼, 손이 되어 원하는 대로 잘라주고 깎아주고 붙여주는 고마운 역할을 할 것이다. 그러면서 서로를 알아가고 같은 곳을 바라보고 힘써 일하며 서로에게 맞춰가지 않을까. 지금은 새것답게 반짝이며 서 있는 장비들도 시간을 보내면서 함께 조금씩 낡고 늙어갈 것이다.

거실에서 나무 깎기

가끔 질문을 받는다. “공방을 꼭 다녀야 하나요?” 목공에 관심도 많고 배우고 싶기는 한데 시간과 비용이 부담되니 독학으로 배울 수 있겠냐는 질문이다. 공방을 다니며 배웠던 입장에서는 좋은 선생님 만나 짧은 기간이라도 제대로 배우는 것을 권한다. 단지 공방마다 색깔이 있고 운영 방식과 수업료가 천차만별이니만큼 자신의 목적에 맞는 곳을 신중히 선택하는 것이 좋다.

간단히 조립하는 정도의 수준을 원한다면 집 거실에서도 목공은 얼마든지 가능하다. 나무를 재단할 수 있는 기계 장비를 가지고 있지 않다면 재단 서비스를 이용하면 된다. 나무의 종류와 두께, 가로, 세로 규격을 정확히 체크하고 인터넷으로 주문하면 정확히 절단된 판재가 택배로

배송된다. '문고리닷컴', '손잡이닷컴', '철천지' 같은 인터넷 사이트가 재단 서비스를 제공한다.

재단 서비스를 이용하여 나무를 주문하려면 먼저 만들고 싶은 작품의 도면(절단 도면까지)을 그리는 게 우선이다. 얼마만큼의 목재가 어떤 사이즈로 필요한지 꼼꼼하게 체크하고 메모해놓는다. 이 과정에서 정확한 물량은 물론이고 나무의 결 방향을 고려하여 나무를 주문한다. 결 방향을 반대로 주문하거나 필요한 나무를 덜 주문하면 낭패를 보기 때문에 도면을 자세히 체크하고 분해도를 그려 점검 또 점검하고 주문해야 한다. 주문할 나무의 물량을 파악했다면 부자재와 잡철물, 마감재 등을 확인하여 같이 주문한다.

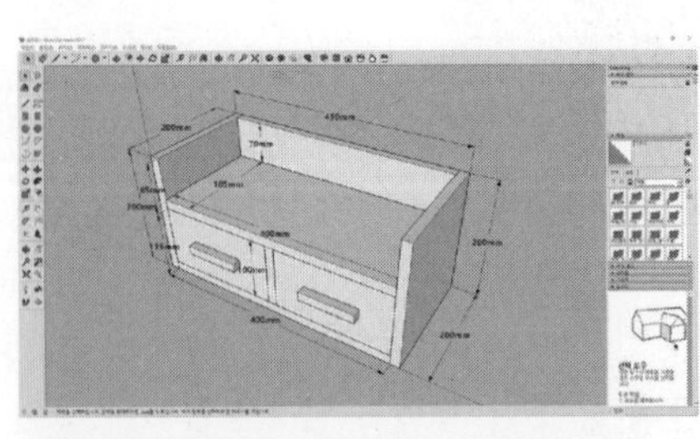

스케치업 도면

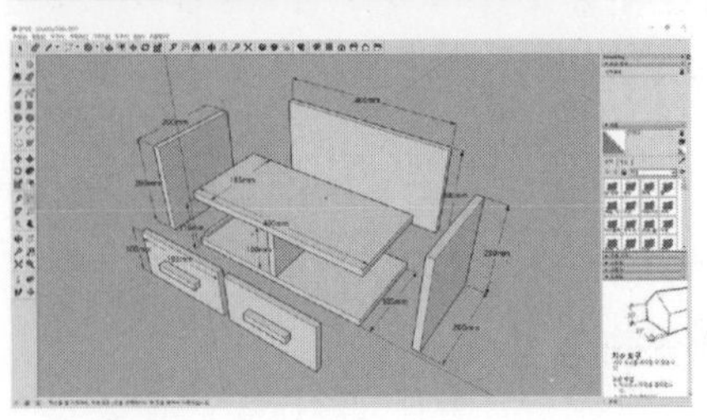

분해 도면

주문한 나무가 도착했다면 나사못을 이용해 부재를 조립한다. 가장 간단하면서도 단단하게 조립할 수 있는 방식으로, 대개의 DIY 작업에 쓰인다. 나사못은 다양한 종류가 있는데 나무의 특성과 두께, 작품 형태를 고려하여 선택할 수 있다. 나무를 조립할 때 필요한 장비는 임팩트 드라이버와 드릴드라이버 두 종류다. 대개 가정에 전동 드라이버 정도는 비치하고 있는 경우가 많은데 필요하다면 소형 장비를 구입하여 사용할 수 있다.

드릴드라이버

부재와 부재를 조여주는 클램프는 목공에서 중요한 필수 공구 중 하나인데 종류와 가격이 천차만별이다. F자처럼 생겼다고 해서 이름 붙여진 F클램프 말고도 패러럴 클램프, 퀵클램프, C클램프, 파이프 클램프 등 종류가 다양하다. 집에서 취미로 작업한다면 저렴한 것을 용도에 맞게 짝수로 구입해 사용하면 좋다.

정리하자면, 여건상 작업실을 마련할 수 없을 때 드릴드라이버, 임팩트드라이버, 적당한 크기의 클램프 몇 개, 목공용 본드, 사포, 나사못, 마감재 정도만 갖추어도 목공 작업은 가능하다. 끌이나 톱 같은 수공구를 갖추고 있으면 훨씬 도움이 된다.

물론 최소한의 작업공간은 마련해야 하며 먼지가 날리는 마무리 샌딩 작업은 밖에서 하는 것을 추천한다. 원목 그대로의 느낌을 좋아하는 사람이 있으므로 경우에 따라서는 오일이나 바니시 마감을 하지 않고 그냥 샌딩 후 원목 상태로 사용해도 좋다.

직각이 맞지 않는 직각자

사물의 각이 틀어지는 것을 참지 못하게 되었다. 뭐든 오와 열이 맞아야 하고 줄과 각이 일정해야 한다. 테이블 위에 삐딱하게 놓인 잡지책도 테이블 모서리와 간격이 일정하도록 고쳐놓고, 아무렇게나 꽂혀 있는 책꽂이의 책들도 크기별로 재정돈하고, 주차할 때도 차와 하얀 선의 좌우 간격이 일정하고 평행하도록 반듯하게 두어야 직성이 풀린다. 식당에 들어가면 테이블 위에 덜렁 놓인 반찬그릇도 간격을 맞춰 보기 좋고 먹기 좋게 재배치한다. 심지어 길을 가다가 보도블록 줄눈의 수직과 수평을 고려하여 조심스레 지그재그로 걷곤 한다. 목공을 하고 나서부터 줄과 각에 지나치게 예민해진 탓인 듯하다.

목공은 줄과 각을 맞추거나 단위를 측정하는 작업이 중요하다. 그래서 빠져든 게 직각자 욕심이다. 처음에는 온라인 공구 판매 사이트에서 저렴한 걸 구입한 게 시작이었는데 나중에는 건축 제도할 때 쓰는 미니 T자까지 욕심이 났다. 철제품에 플라스틱 고정대가 부착된 묵직하고 그럴싸한 직각자도 하나 더 장만했다. 그래도 성에 안 찼다. 다양한 크기로 갖춰놓고 싶은 마음에 이번에는 정직하게 굽은 '곱자'라는 커다란 직각자를 청계천 공구 상가까지 가서 테스트해보고 구입했다. 그런데 이 장비는 너무 커서 집 짓는 목수들이나 쓰지 작은 목공 소품을 만드는 나한테는 그리 유용한 도구가 아니었다.

어느 순간 정신 차리고 보니 사들이고선 구석에 박아둔 직각자만 여럿이었다. 정작 수평선과 수직선을 일정하게 긋는 기본 역할을 못하고 미묘하게 각이 틀어지는 자도 많아 꽤 후회를 했다.

연귀자

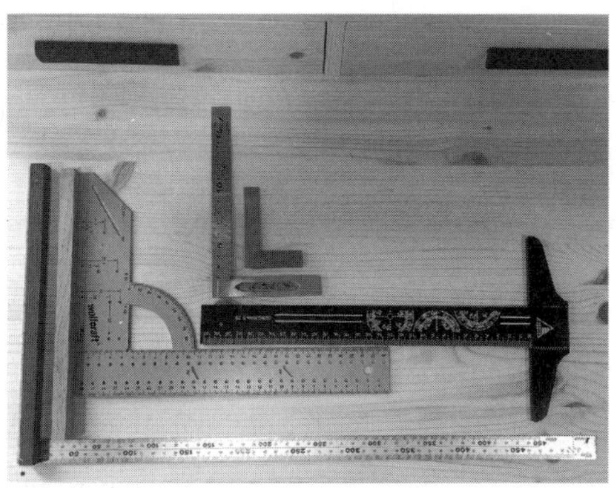

수 개의 직각자

그 후로는 내 작업에 맞는 합리적인 가격의 연귀자와 정확도 있는 직각자를 찾았다. 연귀자는 연귀*의 직각을 정확히 맞출 수 있게 도와주는 유용한 장비로 목공에서는 없어서는 안 될 중요한 도구다. 또한 소품을 제작하는 목공에서는 작은 공간의 직각을 확인할 일이 종종 있으므로 미니 직각자가 필요하다. 정확한 측정과 작업을 위해서는 이동스퀘어** 큰 것과 작은 것, 그리고 비록 저렴한 것이기는 하지만 미세한 측정이 가능한 전자식 버어니어캘리퍼스를 두는 것만으로도 충분했다. 크고 화려하고 비싼 게 좋은 것이 아니라 나한테 맞는 규모와 가격의 적당한 도구가 좋다는 사실을 알았다.

---

* 두 재를 맞출 때 귀를 45도 각도로 비스듬히 잘라 맞춘 곳.

** 목공 작업물의 내 · 외각, 수평 · 수직 · 깊이 등의 측정 도구.

이제 장비 욕심에 자꾸 필요도 없는 물건을 사들이는 일을 자제하고 있다. 고전인 《월든》이 주는 가르침도 그러했다. 《월든》은 미국의 철학자 헨리 데이비드 소로가 메사추세츠 주 월든 호숫가에 작은 통나무집을 짓고 홀로 살았던 2년 2개월 동안의 기록이다. 이 책이 세계적 고전의 반열에 오를 수 있었던 이유는 소박하고 독립적인 삶의 방식으로서 자발적 빈곤을 택하는 등 자신만의 삶을 기획하고 인생의 가치를 발견한 데 있다.

돈 없이는 하루도 살 수 없는 세상에서 빈곤이란 삶의 질을 추락시키는 결정적인 일일 수도 있다. 하지만 그럼에도 불구하고 "간소하게, 간소하게, 간소하게 살라. 백 가지나 천 가지가 아니라 두세 가지로 줄이도록 하라"는 소로의 충고를 실천하는 것이 소비의 욕망이 지배하는 이 사회에서 오히려 마음을 다스릴 수 있는 현명한 생활법일지 모르겠다. 버리고 나니 꼭 필요한 직각자가 남은 것처럼, '간소하게, 간소하게' 줄일수록 내 인생에 정작 중요했던 것이 뚜렷해질 테니 말이다.

초보 장사꾼의 조건

작품을 만들어 온라인 판매 대행 사이트에 올려두니 한두 개씩 팔린다. 나중에는 은근히 욕심이 생겨 제대로 해서 팔아볼까 하는 마음이 들었다. 취미로 시작한 일이기는 하였으나 그동안 수업료에다 장비에 투자한 금액까지 합치면 돈이 적지 않게 들어간 뒤였다.

오프라인 매장을 차리는 건 과도한 고정비로 엄두도 못 낼 일이고, 온라인 판매가 내 환경에서 딱인데 그것도 제대로 프로 냄새가 나려면 준비할 게 많았다.

우선 사진 기술부터 배워야 했다. 고객은 실물 제품이 아닌 연출된 사진을 보고 구매 결정을 하기 때문에 사진의 질이 첫 번째 관건이었다. 카메라는 지인에게서 쓰지 않는 DSLR 카메라를 받았고, 카메라 지식은 도서관에서 관련 책을 보며 독학으로 익혔다. 사진을 공부하고 있자니 조명의 중요함이 들어온다. 조명기계 두 대를 가장 저렴한 축에 속하는 것으로 인터넷에서 구입했다. 다음으로 깔끔한 배경이 있어야 했기에 흰색 스크린 배경지를 사서 거실 천장에 달아놓았다. 사용할 때는 스크린을 내려서 배경지로 사용하고 안 쓸 때는 롤을 말아서 정리하니 실용적이었다.

이렇게 집 거실을 사진 스튜디오로 꾸미고 나서 사진 샘플 작업에 들어갔다. 다만 DSLR 카메라가 오래된 것이라 그런지 조명을 환하게 밝혔는데도 사진이 어둡게 나오고 선명하지 않았다. 기술이 부족하여 그런 것인데 애꿎은 장비 탓만 하다가 결국 휴대폰 카메라로 찍어보기로

사진 촬영

했다. 찍고 보니 이 편이 내 눈에는 훨씬 선명하고 깨끗했다. 그 뒤로 자동셔터 기능이 있는 휴대폰 전용 삼각대까지 사서 지금까지 잘 쓰고 있다.

이후로는 찍은 사진들을 일일이 보정하는 작업을 해야 한다. 좋은 방법이 없나 알아보던 중에 '포토스케이프'라는 조금 쉬운 보정 프로그램이 있다는 걸 알았다. 출퇴근 시간을 이용하여 지하철 안에서 유튜브로 기능을 익혔다. 몇 번 연습하고 실습을 통해 간단한 보정 작업은 너끈히 할 수 있었다. 2~3주 정도를 투자해서 보정 프로그램 포토스케이프를 섭렵했다.

그런 후 작품 하나마다 방대한 양의 사진을 촬영했다. 작품당 적어도 50컷 정도를 찍었으니 서른 개가 넘는 작품만 헤아려도 얼추 1,500컷 정도를 찍은 것이다. 실제 사용할 용도로는 열 장 내외의 사진을 추리니 프로 사진작가들이 한 장의 예술 작품을 위해 수백, 수천 컷의 사진을 찍는 수고를 이해할 만했다. 이렇게 추린 사진은 길

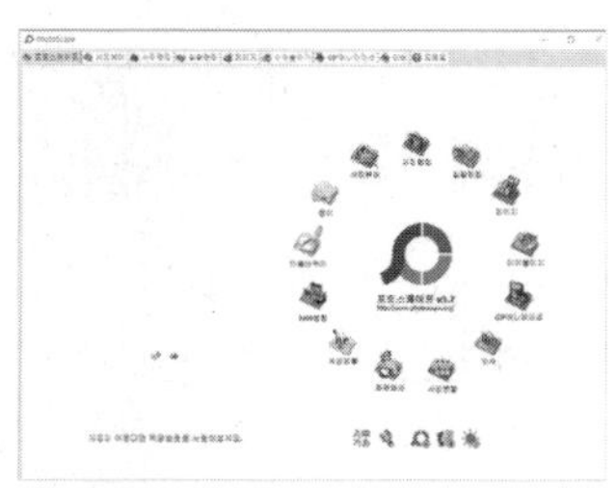

포토스케이프

포토스케이프 보정 처리된 사진

고 지루하고 반복적인 보정 작업을 거친다. 여기에 상세페이지를 위한 도안과 글자 등으로 설명을 붙이고 나서야 비로소 기초 세팅이 완성된다.

인터넷 장터에서 인지도를 높이기 위해서는 SNS가 가장 효과적이다. 사진이 많이 들어간 작업이므로 그 점에 특화된 인스타그램에 도전해보았다. 기능을 익히고 팔로우 늘리는 방법을 배우고 한동안 열심히 포스팅을 올렸는데, 반응도 신통치 않고 재미도 없는 것이 자꾸 고된 일처럼 느껴졌다. 왠지 남의 옷 빌려 입은 것처럼 어색해하다가 얼마 못 가 SNS 활동은 잠정 중단했다. 그렇다고 온라인 판매를 포기한 건 아니어서 이번에는 핸드메이드 제품만 전문적으로 취급하는 온라인 판매 대행 사이트에 등록했다. 처음에는 한 곳에만 등록하고 판매했는데 요령이 생기고 나서 네이버 스마트스토어를 비롯한 오픈마켓, 그 밖의 몇 군데 온라인 장터에 다리를 걸쳐놓았다. 주문이 들어오기 시작했다. 온라인 판매를 하면서 느낀 점은 실로 인터넷의 힘은 대단하다는 거였다. 서울, 경기 지역은 말할 것도 없고 충청도, 강원도, 경상도, 부산, 심지어 제주도, 거제도까지 전국 곳곳에서 주문이 들어왔다.

온라인이건 오프라인이건 터를 잡고 장사를 할 때는 많은 수고와 노력이 들어간다. 목공만 배우면 될 줄 알았는데 장사라는 것을 하려니까 3D 설계 프로그램, 사진 기술, 사진 보정 프로그램, 실천은 잘 못하고 있지만 SNS 다루는 스킬, 온라인 판매 사이트 운영 방법, 거기에 따른 세무 관리 등 갖추고 배워야 할 것이 굉장히 많았다. 철저한 자본 논리 사회에서, 어떻게 만들고 어떻게 시장에 내놔야 사장되지 않고 고객의 선택을 받는지 어렴풋이나마 경험하고 있다. 작품만 단독으로보다는 어울리는 소품을 함께 촬영해 올리는 것이 호소력 있게 다가온다. 사무용 가구면 노트북이나 명함 등을, 주방용 가구면 과일 접시나 작은 꽃병 같은 소품을 적절히 배치하면 생동감 있다. 사진은 부드럽고 온화한 톤으로, 눈높이에서 지그시 바라보는 각도로 촬영하면 자연스럽다. 이렇게 오늘도 초보 사공은 인터넷이란 바다에 낚싯대를 드리운다.

'이게 팔릴까.' 반신반의하며 올리는 작품을 누군가 살 때마다 신통방통했다. 내가 아는 구매는 필요와 가치가 만나 합리적 가격을 지불하고 소유권을 이양받는 것인데, 누군가에게 목공 소품이 필요할 수 있다 쳐도 내가 만든 것이 돈 내고 살 만큼의 가치가 있나 궁금증을 가질 수밖에 없었다.

그런데 사람이 간사하다고, 처음엔 거의 마진 없이 판매했는데 판매량이 점점 늘어나면서 은근한 욕심이 생기기 시작했다. 누군가 와서는 너무 싸게 파는 거 아니냐, 그래도 기술이 들어가는 건데 인건비는 받아야 하는 거 아니냐는 둥 속삭이는 말에 귀가 솔깃해지고 마음이 휙 바뀌어버렸다. 암 그렇지, 그래도 목공작가로서 만드는 것인데 재료비의 몇 배는 받아야지 하며 이 가격은 너무 싸다고 스스로를 과대평가하기 시작했다. 그렇게 생각하고 나니 지금까지의 디자인이 마음에 안 들었다. 너무 만들기 힘든 디자인을 한 것 같고 괜히 시간을 많이 투자해서 고생만 하는 거 아닌가 하는 본전 생각에 사로잡혔다.

그 이후로는 오밀조밀 재미있는 디자인으로 창작의 즐거움을 맛보기보다는 어떻게 하면 손쉽게, 많이 팔리는 물건을 만들 수 있을까 궁리에 들어갔다. 이것은 줄이고 저것은 없애고, 이 디자인은 복잡하고 시간이 많이 걸리니 간편하고 쉬운 걸로 바꿔버리고, 선작업과 후처리하기 편하도록 최대한 자투리 안 나오는 디자인으로 교체하는 식이었다. 창작에서 제작으로 넘어가 버린 것이다. 예술활동이 노동이 되었고 작가 마인드는 장사꾼의 셈법이 되었다. 돈이라도 벌어보자고 가격을 점점 올려 받았다. 가격이 올라갈수록 판매량은 떨어졌다. 그래도 가격을 조정한다거나 디자인을 바꾸지 않았다. 오히려 내 가치를 몰라준다며 괜스레 고객의 안목을 탓했다. 결국 노동량과 가격의 줄다리기만 하고 균형점을 찾지 못한 채 한동안 목공의 즐거움을 느끼지 못했다.

생각해보면 과거에도 그런 일이 있었다. 저가형 삼겹살집을 운영할 때였는데, 주머니 가벼운 젊은층 상대이지만 아무리 그래도 원가에 비해 음식값을 너무 싸게 받는 거 아닌가 하는 생각이 고개를 들었다. 추석 연휴를 기점으로 삼겹살 1인분에 4천 원 남짓했던 가격을 500원 인상하여 메뉴판을 다시 걸었다. 그런데 신기하게도 연휴가 끝나고 가게 문을 열었더니 고객의 발길이 뚝 끊겨버렸다. 서서히 감소한 것도 아니고 갑자기 확 줄어든 거였다.

창업 상담을 하다 보면 의외로 가격 책정에 고민하는 고객들을 많이 만난다. 언뜻 생각하면 원가에 적당한 마진을 붙여 받으면 될 것 아닌가 싶겠으나, 그게 내 일이 되면 생각이 복잡해지고 들이는 공이 아까워 적절한 가격선을 판단하지 못하는 경우가 있다.

무조건 가격을 싸게만 받는 건 반대하지만, 문제는 욕심이 화를 부른다고 지나친 가치 부여와 꼼꼼한 원가 계산이 오히려 화근이 될 수 있다는 점이다. 음식점 성공 신화를 쓴 사장님들의 공통적인 충고 하나는 지나치게 원가 계산 하지 말라는 거다. "이문 남길 생각 허들 말고 막 퍼줘야 헌다"고 했던 대박 고깃집 사장님 얘기도 떠오른다. 반면 젊은 2세 사장님들은 철저히 손익계산을 해서 체계적인 경영방식으로 바꾸려고 노력한다. 베풀며 적게라도 남기겠다는 실리파와 그 정도 남겨서는 안 파는 게 낫다는 자존심파의 대결이랄까. 항상 그렇지는 않겠지만 내가 보아왔던 경험으론 대개 실리파의 승리로 끝난다. 이론으로 무장한 자존심파는 비싼 수업료 내고 한수 배우고 퇴장한다.

타자가 홈런을 칠 때도 방망이의 일정 지점과 야구공의 속도가 정확히 맞으면 명쾌하고 깔끔한 소리가 나면서 공이 커다란 포물선을 그리며 홈런이 된다. 어느 마케팅 책에서는 이것을 '심리타점(sweet spot)'이라고 표현했다. 소비자의 가격 수용선과 판매자의 가치 제공 가격이 정확히 만나는 지점이라는 것이다. 그래서 양쪽 모두 만족하는 깔끔하고 원활한 거래가 이루어지는 상황을 말한다. 그 지점이 어디쯤일까? 그걸 잘 알아내는 것이 소위 장사의 '촉'일 것이다.

이제는 목공 작품의 가격을 쉽사리 올리거나 내리지 않고 진득하니 기다린다. 가격보다는 고객의 솔직한 구매후기에 신경 쓰고, 불평이 있다면 수정하도록 노력한다. 고객의 니즈와 내가 만들어내는 가치가 기가 막히게 맞아떨어지는 환상의 타점이 어디인지 촉을 세워 찾아가면서 말이다. 남길 생각하지 말고 막 퍼주라고 했던 대박집 할머니 경영자 말씀도 그런 의미가 아닐까.

맞춤과 만남

무언가 몸에 맞춘다는 건 특별한 의미가 있다. 어릴 적, 스무 살 위의 사촌형을 따라 맞춤 양복점에 갔었다. 양복점은 크고 화려했으며 고급스러웠다. 원목으로 만들어진 묵직한 출입문과 중후하게 윤기 흐르는 진청색의 옷감들, 그 위에 한껏 빛을 내고 있는 노란색 할로겐 조명, 가슴을 불쑥 내밀고 잘 차려입은 목 없는 마네킹 같은 것들이 어린 나의 시선을 사로잡았다. 은은하고 고급스러운 노란 조명 아래 이리저리 자세를 바꿔가며 줄자로 어깨며 소매길이며 밑단 같은 걸 재는 형의 모습이 어찌나 멋져 보이던지.

맞춤 제작 소품을 만들 생각을 한 건 우연한 기회였다. 가장 이상적으로 완성된 디자인을 해놓으면 고객은 기호대로 선택해서 구매할 것이라 예상했다. 그런데 이상하게도 고객들은 애초의 기획 용도와는 다른 방식으로 작품을 사용하는 일이 잦았다. 가령 사무실에서 쓰라고 만들어놓은 원목 파일박스를 주방에서 사용한다든지, 침대 옆 사이드 테이블용으로 만들어놓은 서랍장을 고양이 용품 보관함으로 쓴다든지, 멀티탭 보관함을 화분 받침대로 쓴다든지 하는 경우다. 당초 설계했던 것과 많이 달라도 고객들은 잘 사용하고 있다고 구매후기에 사진과 함께 올리기도 한다.

결국 고객은 작가가 의도했던 용도와는 다른, 자신만의 가구 디자인을 한다는 데서 맞춤 제작을 착안했다. 대부분의 디자인과 치수는 고객이 정하고 나는 제작 가능하게끔 기술적 문제와 적당한 사이즈를 조언하며 거드는 것이다. 그렇게 할 때 고객은 원래 가격의 두 배 가까운 제작비용도 기꺼이 지불한다. 아마도 제작과정에서 느끼는 재미와 실물을 받아 보았을 때의 만족감이 가격저항선을 무너뜨리는 듯싶다.

어느 의뢰인이 커다란 모니터 받침대를 주문했다. 일하면서 모니터 두 개를 놓고 쓰기 때문에 가로로 긴 받침대를 만들어줄 수 있냐고 했다. 본인이 구상하는 대략의 디자인 스케치 도면도 보내주었다. 가로의 총 길이는 120cm 정도였고 상판 아래 서랍이 세 개 달린 형태였다.

모니터 받침대

서랍이 연달아 세 개 붙어 있으면 디자인에 정교함이 요구되고 각 맞추기도 힘들다. 정확한 치수로 도면을 그려 의뢰인에게 보내고 몇 번의 수정작업 끝에 최종 디자인 합의를 보았다. 3D 입체 도면과 별도의 절단 도면을 바탕으로 제작에 들어갔다. 가장 중요한 상판과 측판을 절단하고 중간 판과 세로 지지대도 각각 절단했다. 서랍이 세 개 설치되므로 서랍용 레일 여섯 개를 부착한다. 서랍의 마찰력을 줄이고 원활하게 여닫을 수 있도록 레일 상단에 양초로 칠을 하는 것도 잊지 않았다.

외관 형태를 완성하고 나서는 12mm 두께의 레드파인 집성목을 사용하여 서랍을 만들었다. 좌우상하 1.5mm의 여유를 주고 서랍 앞판도 정교하게 잘라놓는다. 멀바우 집성목으로 만든 손잡이를 적당한 길이로 잘라서 220번 사포로 샌딩한 후 오일을 발라두었다. 나무는 오일을 바르고 나면 고급스러움이 더욱 살아난다. 서랍 앞판에 손잡이를 부착하고 나면 완성이다. 마무리 샌딩을 한 번 더 하고 포장 후 택배 발송했다.

손에 닿는 가구는 참 섬세한 것이라 작은 치수 하나에도 불편함을 느낄 수 있다. 그래서 정교하고 꼼꼼한 점검이 필요하다. 사람의 마음이 고스란히 물건에 담겨 전달되는지라 의뢰인도 매우 흡족했는지 장문의 구매후기를 남겨 감사를 표현했다.

가장 까다로웠던 맞춤 제작 의뢰는, 서랍이 다섯 개나 달린 서랍장으로 위에 두 개, 중간에 두 개, 밑에 한 개, 이렇게 만들어달라는 주문이었다. 서랍이 많은 복잡한 디자인은 만들다 자칫 실수할 수 있어 대개는 거절을 하곤 했는데 그날은 호기심이 생겨 제작하겠노라고 하고 도면까지 후딱 그려 보냈다. 가로 30cm, 앞뒤폭 30cm, 높이 40cm 정도 사이즈로 나무 두께를 제외하고 실제로 사용할 수 있는 서랍 내부 공간이 넓지 않았다. 실용적이지 않을 것 같아서 의뢰인에게 내부 공간이 좁은 것 같다고 의견을 보냈으나 의뢰인은 작은 소품을 보관하는 용도이므로 공간이 좁아도 상관없다는 답변을 보내왔다.

최종 도면을 그려서 보내고 제작에 들어갔다. 실수하지 않도록 마킹 또 마킹을 해가며 하나씩 정교하게 조립해갔다. 내부 서랍도 치수에 맞게 재단하여 조립하고 손잡이 달고 샌딩으로 마무리했다. 그런데 완성하고 나서 보니까 우려했던 일이 일어났다. 나무를 조립할 때 잘 맞지 않는 각을 억지로 맞추다 보면 처음에는 괜찮은 듯해도 마지막에 가서 틀어지게 된다. 그래서 시작부터 정교하게 길이와 각을 맞춰가는 것이 가장 바람직한데 이걸 억지로 하려다 보니 실수를 저지른 것이다. 이런 실수가 서랍 앞판이 앞으로 약간 튀어나오는 결과를 만들었다. 언뜻 보기에는 잘 모를 수 있으나 만든 사람은 안다. 분명 내 실수로 인한 모양새라는 사실을.

목공은 정직한 것이라 작은 실수라도 한군데서 어긋나면 결국에는 티가 나게 마련이다. 요행은 없고 노력과 실력만 있을 뿐임을, 새삼 뼈저리게 새겼다.

서랍 다섯 개짜리 맞춤가구

아직도 실수를 연발하는 아마추어 목공작가에게, 얼굴도 모르는 나에게, 중국산·동남아산 원목 제품과 비교해 결코 저렴하지 않은 가격임에도 불구하고 제작을 맡겨준 고객이 고맙고 귀할 뿐이다. 침대 옆 사이드 테이블을 맞춤 제작 주문한 의뢰인, 스피커 거치대를 맞춤 제작 의뢰한 음악 애호가, 식탁 정리 선반을 사이즈 맞춤 제작 의뢰한 주부 등. 내 손을 거친 작고 큰 원목 제품들이 많이도 만들어져 어느 곳, 어느 장소에서 쓰임을 다하고 있다고 생각하면 왠지 흐뭇하다.

세상에는 다양한 사람과 다양한 니즈가 존재한다는 사실을 맞춤 제작을 통해 몸소 배웠다. 작품 구상-제작-촬영-보정-전시-판매라는 과정을 거치며 판매의 메커니즘을 경험하고 나니 고객 한 분 한 분이 중요하다는 사실을 깨닫는다. 결국 사람이었다. 사람이 만들고 사람이 구매하고 사람이 사용한다. 목공이라는 유통구조 속에서도 늘 사람이 그 중심에 있었다. 나무로 인해 연결되는 사람들의 온기를 느낄 때마다, 더더욱 목공을 하길 잘했다는 생각이 든다.

_TTT

가구 잘 고르는 법

가구를 잘 고르는 비결이 무엇이냐는 질문을 받을 때면 항상 그 친구가 생각난다.

그는 친구들 사이에서 옷 잘 입기로 유명하다. 정장, 캐주얼, 어떤 스타일의 옷도 딱히 유행을 따르지 않으면서 자연스럽고도 멋스러운 연출이 된다. 한마디로 그 친구가 걸치면 뭔가 태가 난다. 비결이 무얼까? 그를 찬찬히 뜯어보고 이런 결론을 내렸다.

우선 자신의 신체 사이즈를 정확히 파악하여 맞는 옷을 고른다. 시간, 장소에 맞춰 위아래 컬러와 디자인의 궁합을 맞춘다. 구두, 벨트, 시계, 가방, 목도리까지 계절과 상황에 조화를 이루는 액세서리로 포인트를 더한다. 가구를 구입하는 방법도 이와 유사하다.

첫째, 공간 사이즈를 정확히 실측하여 배치도를 그려본다.

가구 구입의 첫 단계는 정확한 공간 실측이다. 간혹 건축 도면에 표시된 건물 사이즈와 실제 공간 사이즈가 다를 때가 있어 반드시 줄자로 공간을 실측해야 한다. 실측한 치수를 토대로 평면도를 그린다. 이때 튀어나온 기둥이나 문, 창문의 위치 등을 일일이 평면도에 기재한다. 다음으로 실제 놓일 가구 사이즈를 확인하여 배치도를 그린다. 마지막으로 실제 가구를 놓았을 때의 공간감을 확인한다. 즉, 가구와 같은 평면 사이즈의 신문지를 바닥에 깔아보거나 볼륨이 비슷한 박스를 놓아보고 실제 공간이 얼마나 좁아지는지 확인하는 것이다. 이때 사용자가 움직일 충분한 동선을 확보할 수 있는지 본다. 동선이 막힘 없이 이어지면 피로감을 덜고 공간을 여유롭게 활용할 수 있다.

이렇듯 가구로 인해 공간이 실제로 어떻게 변할지 미리 확인하면 좋다. 단순히 좋은 디자인만 보고 사면 공간에 맞지 않아 애물단지가 되기 일쑤다. 가구를 배치할 때는 생활의 편리성은 물론 미관상의 측면도 중요하므로 높낮이가 지나치게 다른 가구를 같이 배치하거나 앞으로 튀어나온 가구를 중간에 배치하는 구조는 바람직하지 않다.

둘째, 기존 가구와의 조화를 고려한다.

기존에 사용하던 가구들이 직선형인지 라운드형인지 또는 모던한 스타일인지에 따라 그와 비슷한 가구를 배치한다. 또한 전반적인 색감과도 어울리는지 본다. 집 안의 색조가 온화한 오렌지 계열이라면 따뜻한 색감을 띠는 참나무(오크)나 벚나무(체리) 같은 원목 가구도 좋다. 반대로 바닥 톤이 짙은 회색이나 검은색 색조라면 짙은 회색 계열의 가구는 선택하지 않는 편이 좋다. 가령 검은색 계열의 바닥에 짙은 초콜릿색의 고급 원목인 월넛 테이블을 놓는다면 지나치게 어두운 색감이 되어 공간의 분위기는 가라앉을 것이다.

아무리 비싸고 좋은 가구라 할지라도 실제 놓았을 때 원하는 분위기가 연출되지 않으면 공간 만족도는 떨어진다. 따라서 기존 공간이 가지고 있는 색조, 모양, 소재 등을 총체적으로 감안하여 가구를 사야 한다.

셋째, 설치물(콘센트, 창문, 조명, 커튼 등)을 고려한다.

공간의 모양, 문이나 창의 위치, 문이나 창을 열었을 때의 공간 변화, 콘센트나 텔레비전, 에어컨 같은 설치물의 위치를 확인하여 배치한다. 가구를 놓았는데 창문을 가리거나, 콘센트가 없는 곳에 가전제품을 설치하는 실수를 사전에 점검한다. 특히 방문을 열었을 때 걸리는 부분은 없는지 확인한다. 문이 달린 가구라면 문 열림을 고려하여 가구를 배치한다.

넷째, 공간의 활용성을 높일 수 있는 가구를 고른다.

일본의 정리 수납 전문가 곤도 마리에는 '설레지 않으면 버려라'라고 했는데 그만큼 깔끔한 정리는 공간 확보로부터 시작된다. 가구를 새로 구입하기 전에 우선 버려야 할 것이 무엇인지 결정한다. 같은 용도로 중복해서 사용하는 가구가 있는지도 돌아본다.

좁은 공간에 지나치게 큰 가구를 놓거나 낮은 천정에 높이가 큰 선반을 설치하는 것은 좋지 않다. 반대로 넓은 거실에 작은 스툴 같은 것을 놓는 것도 공간의 활용성을 떨어뜨리는 요인이다.

원룸처럼 좁은 공간이라면 가구 배치 계획을 꼼꼼히 세워 자투리 공간을 효율적으로 써야 한다. 예컨대 공간박스를 여러 개 구입해 가로로 놓거나 세로로 쌓아서 상

맞춤형 틈새장

황에 따라 다용도로 사용한다. 맞춤형 틈새장도 활용성이 높고, 침대 밑이나 장롱 위쪽 같은 자투리 공간에 수납할 수 있는 가구를 구입하는 것도 알찬 활용법이다.

사람이 사용하는 공간은 개인의 삶의 질로 이어진다. 공간을 구성하고 있는 가구는 피부에 직접 닿기에 다분히 인간적이어야 하고 편안히 쉴 수 있는 안식의 기능도 함께 제공해야 한다. 사람처럼 자연에서 태어나 호흡하고 자라며, 고유하게 가진 치유의 능력을 사람에게 전달해준다는 점에서 나무는 우리가 선택할 수 있는 가장 인간 친화적인 가구 소재라 생각한다.

공간박스

무슨 색 옷을 입힐까?

2017년 가을, 서울 대치동 SETEC에서 목공 박람회가 열렸다. SETEC은 중소기업의 수출 증대 및 판로 개척을 위해 만든 공간으로, 축구장 1.5배 정도 크기만 한 드넓은 전시장에 각종 목공구와 기계, 마감재와 페인트 등 원목 관련한 상품이 없는 게 없을 정도였다. 여기저기 둘러보며 즐거운 눈요기를 하던 중 구석의 DIY 공방 부스 하나가 눈에 들어왔다. 페인팅으로 화려하게 치장한 작품들 때문이었다.

그때까지만 해도 오로지 오일 마감 방식만 배운 터라, 페인트로 마감된 작품은 마치 흑백 화면만 보다가 처음으로 목격하게 된 총천연색 컬러 TV 같았다. 바로 사장님한테 명함을 받아 챙기고, 강서구 방화동에 위치한 공방에서 6개월 동안 페인트 수업을 받았다.

가장 먼저 접한 건 아크릴 물감 사용법이었다. 아크릴 물감은 물에 잘 녹고 건조가 빠르며 내구성이 좋아 회화 작품의 주재료로 사용된다. 목재용으로 특별히 규정된 물감은 없지만 수업에서는 수성 아크릴 페인트를 사용했는데 질 좋은 고가의 수입 제품이었다. 기본이라고 할 수 있는 결 방향 붓질과 스펀지붓의 사용법 그리고 소위 '눈물자국'이라는 물감 덩어리가 생기지 않게 하는 붓질 테크닉을 배웠다. 아크릴 물감 외에도 에나멜 물감, 각종 스테인, 글레이즈, 왁스, 바니시 등 목공에 활용되는 다양한 마감 방법이 있다.

아크릴 페인트로 마감한 소품

방식은 대체로 비슷하다. 페인트를 뭉치지 않게 결 방향으로 고르게 펴서 발라주고 완전 건조시킨 다음 220번 사포로 부드럽게 샌딩해준다. 그 후 샌딩 가루를 제거하고 한 번 더 같은 방법으로 2회 도장하면 본연의 선명한 색을 발한다. 이렇게 페인트 도장한 작품을 바니시로 마감칠 해주면 물감 번짐을 방지하고 오래 보관할 수 있다.

한때 빈티지 페인팅이 유행했는데 일부러 오래된 듯한 효과를 연출하는 기법이다. 작업 공정 또한 크게 어렵지 않다. 우선 조립이 완성된 원목 위에 1차 페인팅을 하고 빈티지 효과를 연출할 부분에 왁스칠을 해준다. 그 위에 2차로 페인팅을 한 번 더 해준 다음 완전 건조 후 왁스칠한 부분을 사포로 긁어주면 자연스러운 빈티지 효과를 낼 수 있다. 이 또한 작업 후 바니시로 최종 마감 처리한다.

빈티지 캠핑 박스

페인팅 기법 중 가장 인상 깊었던 건 낙동법이다. 우선 효과를 주고자 하는 나무의 겉면을 토치램프를 이용해 불로 태운다(나는 가볍고 잘 타는 성질 때문에 주로 삼나무를 사용했다). 타들어간 나무가 빨간 숯으로 변할 때까지 태운 후 불을 끄고 식힌다. 나무가 어느 정도 식으면 철브러쉬로 숯이 된 부분을 일일이 긁어 제거해준다. 이 작업을 통해 나무의 무른 부분은 숯가루가 되어 제거되고 단단한 부분은 그대로 남아 자연스럽게 나뭇결의 볼륨이 살아난다. 숯으로 변해 쓸려나간 부분을 완전히 제거한 다음 물티슈로 닦아낸다. 검은 숯검정이 어느 정도 제거될 때까지 닦아주면 나무 본연의 색깔이 드러난다. 이때가 비로소 페인팅을 할 수 있는 볼륨감 있는 나무의 상태다. 원하는 색깔로 페인팅한 다음 빈티지 효과를 주고 싶은 모서리 부분을 사포로 샌딩 처리해주면 낙동법으로 만든 훌륭한 빈티지 가구가 완성된다. 생각보다 품과 시간이 많이 소요되는 작업이다.

낙동법 소품

그 밖에도 마치 유리가 갈라지며 깨진 듯한 효과(크랙 페인팅), 금속이 부식된 듯한 효과(부식 페인팅), 칠판 질감의 효과(칠판 페인팅)를 페인팅으로 줄 수 있다.

원목에 옷을 입히는 또 다른 방식인 스텐실은 나무에 글씨나 그림을 새겨 넣는 기법이다. 스텐실 판에 구멍을 뚫고 이곳에 물감을 묻혀 찍어내서 그림이나 글자를 새긴다. 스텐실 판을 테이프로 고정하고 전용 붓으로 물감이 번지지 않도록 힘 조절을 해가며 적당히 바르면 깔끔하면서도 다채로운 효과 연출이 가능하다. 또한 스텐실 판을 제작할 수 있는 스텐실 펀칭기를 구입하면 원하는 모양

스텐실

우드버닝 후 색연필 칠한 작품

의 스텐실을 만들어 사용할 수도 있다. 작업 후엔 물감이 완전히 건조될 때까지 기다린 다음 그 위에 바니시 도장을 최소 2회 정도 해주어야 물감이 번지는 것을 막을 수 있다.

우드버닝 역시 원목에 그림이나 글씨를 새겨 넣는 방법이다. 나무를 태워서 효과를 내는데, 각인기가 기계를 움직여 모양을 낸다면 우드버닝은 버닝기라는 장비를 이용해 손으로 일일이 그림을 그린다. 정교한 수작업으로 힘 조절을 통해 농담을 조절할 수도 있고 우드버닝 후 그 위에 색연필이나 물감을 이용해 채색을 하기도 한다. 아날로그적 감성을 선호하는 분들이 좋아하는 방식이다. 우드버닝 역시 작업 후 바니시 마감을 해주는 것이 오래 보관하는 방법이다.

회화의 거장 앙리 마티스는 "색깔을 통해 사람은

마법적인 에너지를 얻는다"고 했고, 바실리 칸딘스키는 "색채는 영혼에 직접적인 영향을 미치는 힘"이라고 했다. 분명 녹색 의자, 분홍색 의자가 있는 방은 각각 전혀 다른 분위기를 자아낸다. 원목 제품 위에 옷을 입히고 치장하는 것은 분명 손이 많이 가는 일이지만, 나무 자체의 힘에 더해 사람의 마음을 흔드는 색의 힘을 더할 수 있다. 그야말로 목공의 영역을 폭넓게 넓혀주는 기술이므로, 잘만 습득한다면 심미적으로 훨씬 뛰어난 작품을 만들 수 있을 것이다.

나에게 주는 선물

베란다 목공소를 연 이래 작품을 많이도 만들고 떠나보냈다. 지인들에게 하나씩 선물하던 것이 입소문을 타서 비용을 지불하고 의뢰를 하는 이들도 늘었다. 어느 경우건 상대방을 생각하며 필요를 자세히 살핀다. 어떤 용도로 사용할까? 어떤 디자인을 선호할까? 이렇게 바꾸면 불편해하지 않을까? 여기는 줄이고 이곳을 늘려볼까? 이런저런 궁리를 하고 그림을 그려 디자인을 완성한다. 몇 날 며칠을 깎고, 다듬고, 만지고, 마무리해놓고선 진짜 주인에게 떠나보낼 때는 막상 서운한 마음이 든다. 그동안 땀 흘려 들인 공에 애착이 가는 탓이다. 모든 게 수작업인 목공 소품에는 보이지 않는 수고와 섬세하고 정성스러운 품이 고스란히 담겨 있다. 누군가의 집 안에서 편리한 쓰임으로 사용되겠거니, 하며 한결 마음을 내려놓는다.

한동안 그렇게 다른 사람을 위해 무언가를 열심히 만들었는데 생각해보니까 나를 위한 작품을 만든 적이 없었다. 음식도 먹어봐야 남에게 자신 있게 추천할 수 있듯 내가 직접 디자인하고 만들어서 써봐야 무엇이 잘못되었는지, 어느 부분을 고쳐야 할지 피부로 느낄 수 있을 것 같았다. 선물 받은 것이야 마음에 안 들고 쓰기에 불편해도 보낸 사람의 성의를 생각해 그냥 좋다고 할 수 있으니까.

무엇을 만들까 고민하다 사무실에서 쓸 수 있는 사무용 원목 오피스 세트를 만들기로 했다. 내가 쓰는 공간은 가로 120cm, 세로 80cm의 책상이며 높이 120cm 정도의 사무실 칸막이가 쳐 있다. 그 안에서 사무 업무를 보면서 필요한 것들을 채워 넣기로 했다. 종류별 리스트를 만들어 제작에 들어갔다.

5단 서랍장

전화기 받침대

사무실에는 A4 사이즈의 서류를 종류별로 보관하

는 일이 많기 때문에 우선 A4 용지를 넣을 수 있는 5단 서랍장부터 만들었다.

다음으로는 일반 전화기 거치대를 만들었다. 15도 정도 각도를 주어서 전화를 걸거나 받을 때 편리하게 사용할 수 있도록 전화기 사이즈에 맞춰 제작했다. 받침대는 독서대 겸용으로 쓸 수 있도록 사이즈를 조절했다.

모니터 받침대도 만들어보았다. 서랍을 하나 달았고 키보드가 밑으로 들어갈 수 있도록 40mm 정도 높이를 주었다. 업무를 볼 때나 독서를 할 때 키보드를 안으로 밀어 넣으면 좁은 책상 위 공간을 여유롭게 사용할 수 있다.

사무실에서 쓰는 작은 소품이나 잡동사니를 넣어 정리할 수 있는 수납함도 만들어보았다. 가로 200mm, 세로 200mm, 높이 200mm로 그리 크지 않지만 정교하게 네 개의 서랍을 만들어야 하고 균형감 또한 중요하므로 섬세한 손길이 필요한 작품이다.

모니터 받침대

소품 수납함

1 파일 박스
2 소품 정리함

3 원목 시계

자주 쓰는 서류나 책 등을 수시로 빼서 보고 정리할 수 있도록 원목 파일 박스도 만들어보았다. 그 밑에는 소품 정리함을 만들어 주로 안경집이나 연필, 자 등 사무용품을 보관할 수 있도록 딱 맞게 가로세로 사이즈를 정하여 완성했다.

사무실 벽시계가 뒤쪽에 걸려 있는 관계로 보기 불편하여 탁상용 원목 시계도 손수 만들었다. 프레임 안에 들어갈 알시계는 남대문 지하상가에서 구입했고 나무는 하드우드인 멀바우 집성목을 사용했다. 오른쪽 끝부분에 나비 상감이 박혀 있는 것이 포인트다. 그 밖에도 명함 꽂이와 휴대폰 거치대, 태블릿 거치대 등을 만들어 오피스 세트를 구성했다. 지금 내가 쓰고 있는 책상에 세팅되어 있다. 원목 풀세트로 갖추어놓고 보니 책상도 잘 정돈되고 근무 의욕도 조금 높아지는 느낌이다.

사무실 오피스 세트는 그동안 수고했던 나 자신에게 주는 선물이라 생각했다. 어쩌면 우리는 사회적 관계 유지를 위해 타인에게는 관대하지만 나 자신에게는 인색한 삶을 살고 있는지 모르겠다. 오늘을 열심히 살아가고 있는 나에게, 앞으로도 그렇게 살아갈 나 스스로에게 가끔은 특별한 선물을 해봐도 좋을 것이다.

오피스 세트

3부.

나이테처럼 나이들 수 있다면

한 토막의 쓸모

분홍빛 연어와 하얀 광어 초밥 그리고 샐러드가 플라스틱 용기에 담겼다. 뚜껑이 벌어져 흐르는 일이 없도록 랩으로 감싸고 가운데는 노란 고무줄로 한 번 더 묶었다. 일본식 생강 초절임과 락교 그리고 장국도 각각 따로 포장되어 있다. 일회용 숟가락과 젓가락도 비닐 랩에 꽁꽁 묶여 결박당한 채 딸려왔다. 들고 가기 편하라고 봉투 밑 부분이 넓고 평평하게 만들어진 비닐봉투까지 합치면 초밥 하나 포장하는 데 플라스틱 쓰레기가 한 무더기다. 음식물보다 포장 용기가 더 많다.

가끔 배달되는 택배도 마찬가지다. 한 겹 싸고 두 겹 싸고 그 안에는 충격 흡수하라고 구슬만 한 동그란 스티로폼까지 넣었다. 그 위에 박스 포장하고 테이프로 완벽 밀착 동여매니 5층 건물에서 떨어져도 절대 안전할 거란

믿음이 간다. 다만 그 때문에 택배 상자라도 하나 뜯을라 치면 포장지를 칼로 자르고 벌리고 꺼내고 다시 묶어서 재활용 봉투에 넣어 버리기까지 한 짐이다.

이 많은 쓰레기들이 다 어디로 가서 어떻게 처리되는지는 모른다. 지구 온난화로 인한 폭염, 태풍, 산불, 해일 같은 자연재해가 무분별한 일회용품 소비와 무관하지 않다는 것을 보면 이미 환경 문제의 심각성은 우리 옆에 바짝 다가와 있다.

재활용 사업에 관심을 가진 건 목공을 시작하고 나서부터였다. 목재를 집성하고 절단해서 작업하다 보면 자투리 나무가 많이 나온다. 그렇게 버려지는 나무가 아깝다는 생각을 했지만 그렇다고 딱히 무언가를 만들기에는 너무 작고 규격도 일정치 않은 것들이 대부분이었다. 화목난로라도 있으면 땔감으로 쓸 텐데 그 자리는 온풍기가 차지하고 있다. 캠핑장에서 모닥불 피워놓고 '불멍'하는 사람에게 주어야겠다고 생각했는데 그 또한 수요자 찾기가 어려웠다. 결국은 쓰레기봉투에 넣어 버린다.

이렇게 버려진 재활용 쓰레기들은 어떻게 처리될까? 관할 구청으로부터 외주 받은 쓰레기 처리 업체가 수거하고, 거기서 분리하여 사용 가능한 것은 재활용한다는 것이 나의 상식이었다. 커다란 가구나 생활 가전제품들은 이른바 '딱지'를 붙여 내놓으면 처리해 가는 것으로 알았다. 쓸 만한 재활용 나무가 있으면 구해서 작업해볼 요량으로, 어렵게 구청 직원과 통화해 재활용 처리 업체에 방문했다. 그런데 실제로 보니 예상과는 다른 작업을 하고 있었다. 버려진 가구를 하나하나 분해해서 처리할 거란 상상과는 달리, 불도저 같은 장비로 일괄 밀어붙이고 마귀 손톱 같은 사나운 갈고리가 달린 집게차로 분쇄기에 넣어 마구 파쇄한 다음 연료로 만드는 것이었다. 나무, 쇠붙이, 그 위의 플라스틱 마감재 같은 것들이 제대로 분리될 리 없었다. 분리해서 작업하면 좀 더 안전하지 않느냐는 질문에 '그렇게 하면 인건비가 너무 많이 들어서 수지가 안 맞는다'는 대답이 돌아왔다. 그러고 보니 그 많은 분량의 쓰레기를 불도저 기사와 집게차 기사 단둘이 처리하고 있었다. 자본과 이익의 논리는 하늘 아래 어디든 벗어날 수 없다. 결국 재활용 나무는 건지지 못하고 돌아왔다.

실제로 가구 재활용 작업은 품이 많이 드는 일이다. 우선 작업에 적당한 버려진 가구를 수거해 일일이 분해하고 일정한 두께로 쓸 수 있게 수압대패나 자동대패로 가공한 다음 필요한 부분을 집성하고 조립하여 완성하고 마감까지 해야 한다. 게다가 디자인에도 제약을 받는다. 크기가 중구난방이니 적당한 목재를 고르기가 쉽지 않다. 그렇게 따지면 새 나무 사다가 작업하는 것이 훨씬 품도 덜 들고 디자인도 깔끔하다. 재활용 목공을 하고자 하는 의지는 좋으나 선뜻 달려들 수 없는 이유이기도 하다.

그럼에도 가끔은, 굳이 버려지는 나무를 이용해 가구를 만들어본다. 이번에는 정리 선반이다. 이사를 하게 되면서 아이들의 2층 침대 칸막이를 뜯어내고 구석에 두었는데, 어느 날 그게 눈에 들어온 것이다. 어차피 베란다용 선반이 필요했던 터라 순식간에 디자인이 떠올랐다. 베란다에 공방도 차렸겠다 주저할 것이 없었다. 그림 그려 설계하고 바로 작업에 착수했다. 뚝딱! 베란다 정리 선반 탄생이다. 유용하게 쓸 수 있다며 아내도 좋아했다.

재활용 선반

자본주의 세상에는 효율과 편리라는 명목으로 사람도 물건도 일회용으로 사용하고 버리는 일이 만연하다. 편리해서 사용하는 플라스틱이 역습을 해서 우리의 식탁을 위협하듯이 문명의 발전이 결코 좋은 결과만을 가져다주지 않는다는 사실을 책 《오래된 미래》를 보며 느낀다. 1975년, 티베트의 고원 지역 라다크에는 정부의 개방 정책에 따라 서구 관광객들이 밀려들어 온다. 지혜롭고 평화로운 수도 '레(Leh)'의 환경은, 소모와 소비, 개발을 전제로 하는 산업사회의 행태에 의해 철저히 파괴되는 과정을 겪는다. 편리함만을 추구하는 문명의 발달에는 반드시 치러야 할 대가가 있으며 통제 불가능한 과잉소비는 재앙이 되어 돌아온다.

대단한 환경운동을 하진 못한다. 일회용 컵 안 쓰겠다고 텀블러 가지고 다니고, 비닐봉지 안 쓰려고 물건 사면 백팩에 넣어 가져가고, 휴지도 한 번 쓰고 주머니에 넣었다가 다시 쓰는, 그저 할 수 있는 일을 생활에서 실천하려 노력하는 대한민국의 평범한 시민이다. 더불어 나무를 통해서도 그 일이 가능하다고 생각해, 버려지는 한 토막을 찾아 헤매고 있는 목수다.

아이들의 미래에 마음이 쓰인다. 내 한 톨의 편리함 때문에 먼 훗날 아이들이 폭염과 태풍이 반복되는 여름

날에 주저앉고 혹독한 추위가 몰아치는 고통의 겨울을 견뎌야 한다고 생각하면, 쉽게 쓰고 버리는 일이 하나 쉽지가 않다.

나무를 이기려 하지 않는다

삶이 커다란 뭉게구름처럼 느껴지며 마냥 맘이 부풀던 시절, 어디선가 막연한 행운이 찾아오리라 믿었던 때, 무엇이든 절실히 원한다면 전 우주가 도와준다는 자기계발서를 종교서적처럼 읽으며 맹신하던 시기가 있었다. 인생이 한 방향의 직선이 아니라 어디든 갈 수 있는 평면처럼 느껴졌다. 나는 그때 창업을 했다. 얼마의 시간이 지나고 삶은 뭉게구름처럼 말랑말랑하지도 않고, 막연한 행운을 기다리는 건 요행이며, 절실히 원한다고 해서 뭐든 이루어지지만은 않는다는 게 '인생'이라는 걸 깨달았다.

실패란 경제적 어려움만 가져오는 게 아니라 정서적 피폐를 던지는 것과 함께 주변 관계까지도 망가뜨리는 고약한 구석이 있다. 지금 생각해보면 준비도 안 된 사람이 다섯 개나 되는 음식점 창업을 했으니 어쩌면 실패는 자연스러운 귀결이었는지도 모르겠다. 무너진 자신감과 파탄 난 생활에 힘든 시기를 통과해야만 했다. 실패가 안기고 간 가장 큰 교훈은 내게 어떤 일은 맞지 않는다는 단순한 사실이다. 가장 밑바닥인 상황을 대면하고 실수를 솔직하게 인정하는 일은 아프고 고통스러웠다.

《오만과 편견》을 만난 건 그때쯤이었다. 사람은 인정할 수 없는 낯선 진실을 받아들일 때 혼란스럽고 괴롭다. 그러나 그런 낯선 감정이 감춰졌던 세계를 보게 하고 인간적 성숙을 불러온다. 영국인들이 셰익스피어 다음으로 좋아한다는 작가 제인 오스틴의 책《오만과 편견》은 베넷가 다섯 딸의 사랑과 결혼을 그린 고전소설이다. 주인공은 둘째 딸 엘리자베스. 지금으로 치면 성격 활달한 진보성향의 페미니스트 여성 정도라 하겠다. 그녀는 무도회에서 젊은 부자 '빙리' 씨의 친한 친구 '다아시'를 만난다. 그녀는 오만한 행동을 보이는 '다아시'에게 혐오감을 느끼고 멀리한다. 그러나 '다아시'는 그녀를 사랑하게 되고 마음을 담은 청혼을 한다. '다아시'를 죽도록 싫어했던 그녀가 그의 청혼을 받아줄 리 없고 도리어 모욕적인 말로 아프게 거절한다. 하지만 '다아시'의 진심어린 편지를 받고 모든 것이 오해였음을 깨닫는다. 그녀는 자신의 오만과 편견으로 얼마나 분별력 없는 판단을 했는지 인정한다.

엘리자베스가 그랬던 것처럼 나도 나 자신에 대한 오만한 마음과 세상에 대한 편견으로 얼마나 분별력 없는 판단을 했는지 인정했다. 세상을 탓하고 행운이 나를 향해 웃어주지 않는다고 화를 냈지만 결국 모든 결정은 내가 한 것이고 내 잘못이었음을 인정할 수밖에 없었다.

고통의 시간이 흐르고 다시 직장으로 돌아갔다. 매달 또박또박 들어오는 월급에 외식을 할 수 있었고 때 되면 마음 편히 휴가도 갈 수 있었다. 적금과 보험료를 내며 미래를 계획할 수 있었다. 각 잡아 잘 다려놓은 흰 셔츠처럼 반듯한 직장인의 모습으로 녹아들어 간 것이다. 그러나 권태로웠다. 회사라는 시스템 속 하나의 부속으로 그 역할만 했다. 같은 트랙을 도는 경주마처럼 달리고 또 달렸다. 힘들었던 시절의 기억이 희미해지면서 '이건 아니다'라는 회의감에 잠겼다. 무엇이건 내 것이 갖고 싶었다. 일상의 중력에서 벗어나 사랑할 대상이 필요했다. 그때 떠오른 것이 목공이다. 큰돈 들이지 않고 능력 닿는 데까지만 할 수 있는 일을 찾다 보니 그것이 가장 현실적인 대안이라 생각했다.

목공이 성찰에 이르는 길은 아니지만 가끔은 자기 자신을 돌아보는 계기를 만들어주기도 한다. 성공이라는 일념 하나로 음식점을 줄줄이 창업했던 외식사업가로서의 나와, 비록 주말 목수일지라도 목공작가로서의 나를 비교해본다. 한 편에는 욕망과 오기와 사기로 똘똘 뭉친 성질 급한 내가 보이고 또 다른 편에는 비록 돈이 되지는 않지만 내면의 소리에 귀 기울여 찾은 관심사를 몸으로 경험해 보려 하는 내가 보인다. 자본주의 사회에서 물질적 성공도 중요하겠으나 내 모습이 아닌 걸 억지로 끼워 맞추려 했다간 탈이 난다는 사실도 배웠다. 오십이 넘은 나이에 정체성에 대해 고민하는 모습이 부끄럽기도 하지만 한편으론 너무 늦지 않아 다행이라는 생각도 든다.

목공을 하면서 나는 나무를 이기려 하지 않는다. 어찌 나무가 가지고 있는 휨의 성질을 이길 수 있을까. 결대로 숨을 쉬는 나무의 본성을 어떻게 막을 수 있을까. 자라온 결대로 붙으려 하는 본능을 어찌 거스를 수 있을까. 단지 그것을 이해하고 그것의 쓰임에 맞게 순응하며 맞춰 가는 수밖에 없다. 삶도 그렇듯 욕심대로 억지로 맞췄다가는 어느 시점에서 균형을 잃고 갈라지고 만다. 그것이 나무의 성질이다.

한번은 이런 일이 있었다. 서랍장을 만들 때였는데 사전에 설계한 사이즈대로 재단을 하고 조립에 들어갔다. 바닥판과 측판을 먼저 조립하고 상판을 연결했다. 뒤판도 사이즈대로 절단하여 조립했다. 순서대로 맞춰진 것 같았는데 이상하게 마지막에 가서 각이 맞지 않았다. 재단을 하면서 조금씩 사이즈에 오차가 생겨 마지막에 각이 틀어진 것이다. 다시 절단해서 수정하려니까 귀찮고 일단 억지로 구겨넣듯이 맞춰보았다. 겉으로 보기에는 실수한 것이 안 보일 정도로, 미세하게 각이 안 맞을 뿐 잘 구분이 가지 않았다. 그래서 목공용 본드로 붙이고 나사못으로 고정하여 완성했다. 오히려 견고하게 맞는 것이 단단해 보이기까지 했다. 하지만 처음에는 괜찮았는데 시간이 지날수록 접합면에 틈이 벌어지기 시작했다. 힘의 균형이 안 맞아 결국 모서리가 터져나간 것이다. 틈은 점점 더 벌어지고 급기야 서랍이 잘 열리지 않을 정도로 각이 틀어졌다. 그때 가서 다시 수정하려 해봤지만 한번 벌어진 틈과 뒤틀린 각을 복구하기란 여간 어려운 일이 아니었다. 결국 그 서랍장은 오래 쓰지도 못하고 버려야 했고 새것을 만들어야 하는 이중 수고를 하고서야 마무리되었다.

그다음부터는 절대 억지로 나무를 끼워 맞추려 하지 않는다. 그랬다간 귀퉁이 어딘가에서는 무리를 받고, 결국 전체가 망가질 수 있다는 사실을 깨달았기 때문이다.

삶이 의욕만으로는 되지 않는다는 것을 이제는 안다. 자신의 자리를 찾아 쓰임을 다한다는 것도, 그저 주변의 환경과 조화를 이루며 사는 것도 오래 두고 편안하게 쓰는 가구와 같이 좋은 일이라는 사실을 나무에게 배운다.

어느 봄날 이야기

봄기운이 완연하다. 창문 틈으로 스미는 상큼한 봄내음도 좋고, 파릇파릇 올라오는 순한 새싹들도 신선하고, 베란다 목공소에 침범해 들어오는 노란 아침햇살도 따스하기 그지없다. 이런 봄은, 미처 뒤돌아 잡을 틈도 없이 서둘러 자리를 털고 지나갈 것이다. 짧은 봄날이 지나고 나면 금세 무자비한 여름의 열기가 번질 테고, 아기 손같이 올라오던 파란 잎들도 넘실대는 무성한 초록으로 자랄 테니.

어느 날 아홉 살 둘째 딸이 와서는 화장대를 만들어달라고 했다. 갑자기 웬 화장대? 자기도 자기만의 화장을 할 수 있는 화장대가 필요하다는 거였다. 언제부터인가 엄마 화장품을 찍어 바르고 볼터치를 하고 영락없는 립스틱인데 이건 틴트라 립스틱하곤 다른 거라며 우기더니 이제는 아예 좌판 깔아놓고 화장을 해보고 싶다는 속셈이었다. 유치한 어른 흉내 낼 게 뻔한데도 아이는 사뭇 진지하다.

아내도 어린이용 화장대 장난감 사주면 된다 하고 요즘 주문도 밀려 있어서 만들지 말까 하다가 문득 아버지 생각이 났다. 어릴 적, 장기판을 손수 만들어주겠다고 하고선 약속을 지키지 않은 것이 두고두고 서운했던 기억이다. 그런 기억은 오래 남는 법이니까. 마음이 기울어 어떤 디자인이 좋으냐고 물어봤더니, 어디서 본 건 있어 가지고 큰 거울 달리고 불도 들어오는 거면 좋을 것 같다는 답이 돌아온다. 조명까지 설치하기엔 공사가 너무 큰데. 고민을 하다가 꼬마전구가 달린 레일 조명을 사서 붙이기로 했다.

베란다 목공소가 좁은 관계로 상판과 다리를 따로 제작하여 밖으로 끄집어낸 후 8자 철물로 연결하기로 했다. 제일 중요한 커다란 거울은 거울 뒤판을 만들어 기성 거울을 끼워 넣을 것이다. 화장대 상판을 제작할 때 거울판을 끼워 넣을 구멍을 펀칭하고, 거울판이 흔들리지 않게 단단히 잡아줄 수 있는 장치를 안쪽에 부착했다. 서랍도 제작하고 손잡이도 부착하고, 상판에 색조 화장품이나 이물질이 튈 경우 원목에 그대로 스며들어 지워지지 않기 때문에 바니시를 3회 충실히 발라 반들반들 두껍게 마감처리 했다. 상판을 완성하는 데만 꼬박 한나절이 걸렸다.

다리 부분은 비교적 수월하여 나무 재단 후 조립하여 간단히 완성하였다.

전부 완성하고 각각 거실로 끄집어내 순서대로 조립했다. 상판과 다리를 연결하고 꼬마전구 조명이 달린 거울판을 미리 펀칭해놓은 구멍에 맞춰 밀어 넣고 뒤에서 나사못을 박아 단단히 고정했다. 놓아야 할 자리에 옮겨 자리를 잡고 드디어 딸깍, 조명 스위치를 켰다.

"우와~!"

화장대

아이의 눈이 커다래졌다. '친구들한테 아빠가 만들어줬다고 자랑해야지'라며 맑은 입으로 바쁘게 종알거린다. 반짝반짝 빛나는 노란 조명의 스위치를 껐다 켰다 하며 이리저리 고개를 돌려 거울에 비친 모습을 들여다보고 의자에 앉아보고 책상을 만져보고 서랍을 열어보고 하며 소꿉놀이라도 되는 듯 하나씩 점검했다. 좋아하는 모습을 보니 하루의 힘든 노고가 스르르 사라진다. 내가 만든 것 중 제일 큰 작품이었다.

언젠가 이 화장대보다 비싼 제품이나 고급가구를 더 좋아하는 날이 오겠지만 그래도 아빠의 정성이 들어간 물건이 추억으로 남겠지 생각하면 애틋하다. 인생에 기억할 만한 좋은 추억은 그리 자주 오지 않으며, 그런 날은 예고도 없이 순식간에 사라지기도 하고, 오랜 시간이 지난 후에 후회로 남을 수도 있다는 사실을 계절의 끝을 맞이할 즈음에 문득 깨닫는다. 그런 봄날이 많이 남지 않았음을 느낀다. 누릴 수 있는 날이 오면 서둘러 잡아야겠다고 생각한다. 짧지만 좋은 날, 오래도록 추억으로 간직되는 날. 당신에게도 오늘이 봄날이었으면 좋겠다.

우리 집 막내

우리 집에 얼마 전 새 식구가 생겼다. 나중에 안 사실이지만 요즘에는 '애완견'이 아니라 '반려견'이라 부르고 '산다'는 표현이 아니라 '분양한다'고 한다. 예전 같으면 그런가 보다 했을 텐데 '그렇지'라고 고개를 주억거리며 공감했던 건 몽실이를 한 식구로 인정한 후부터였다.

집안이 부산해지기 시작했다. 몽실이는 거실에 하나, 자는 방에 하나, 외출할 때 하나, 집을 세 개나 가졌다. 그 밖에도 럭셔리한 가슴줄과 맛있는 간식은 기본이고 목욕용 개샴푸, 강아지 칫솔, 구강청결제, 간식상자, 냄새제거제, 심지어 외출하고 돌아왔을 때 발바닥 닦는 발청결제까지 보유 중이다. 아내는 물건들 정리하느라 분주하고 둘째는 몽실이 앞발을 잡아당기며 "손! 손!" 하며 훈련시키느라 여념이 없다. 나는? 그만 몽실이가 실수해놓은 변을 밟았다. 잔뜩 투덜거리며 발뒤꿈치를 연신 솔로 문질러대니 초딩 딸은 깔깔대며 배를 잡고 웃고, 아내는 몽실이를 싫어하니까 몽실이가 복수한 거라며 칭찬까지 해댔다. 골탕은 먹었지만 몽실이로 인해 집안에 활기가 돌고 웃음꽃이 피는 건 부인할 수 없었다.

사랑하면 알게 되고 알게 되면 보인다고 했던가. 몽실이를 억지로 침대로 끌어안고 와서는 '오늘은 아빠랑 같이 자자'고 쓰다듬으며 일방적 대화를 시도할 즈음, 우연히 몽실이가 밥 먹는 모습을 보았다. 고개를 푹 숙이고 전용 밥그릇에 담긴 사료를 몹시 불편한 모습으로 먹고 있었다. 그 많은 강아지 용품 중에 정작 몽실이 밥상은 없었다. 곧장 몽실이에게 맞는 치수를 재고 그림을 그리기 시작했다. 중년 남성을 반기는 건 강아지밖에 없다고, 집에 들어오면 깡충깡충 뛰며 그렇게도 반갑게 맞아주는 몽실이에게 정성껏 밥상을 만들어 갖다 바쳐도 하나 수고스럽지 않을 만큼 나는 몽실이한테 마음을 빼앗겼다.

물그릇과 밥그릇을 동시에 놓아야 하니까 길이는 넉넉하게 38cm 정도로 잡았다. 테이블 상판을 밥그릇과 물그릇 지름에 맞춰 펀칭했다. 드릴프레스 장비가 없어서 직소기로 둥글게 원을 따내고 샌딩으로 마무리했다. 앞뒤 폭도 몽실이 맞춤 사이즈로 제작하고 몽실이가 커가도 편하게 식사할 수 있도록 높이 조절 나사를 박고 레일을 설치했다. 마지막으로 부자재를 조립하고 정성스럽게 샌딩한 후 바니시 3회 도장으로 마무리했다. 내 평생 강아지 밥상을 만들어 이렇게 대령할 줄은 미처 몰랐다.

강아지 밥상

반려동물을 배려하여 선물을 해주고 싶은 사람이 나만은 아닌 듯했다. 어느 날 반려묘를 위해 자동급식대를 놓고 싶다며 원목 거치대 주문 의뢰가 들어왔다. 의뢰인은 곡선이 들어간 디자인을 원했다. 곡선 부분은 직소기를 이용해 절단하고 샌딩 처리로 마무리했다. 작업을 마치고 정성껏 포장해 택배를 보낸 지 며칠 후, 의뢰인은 아주 만족한 듯 감사의 구매후기를 남겼다. 이후 의뢰인은 같은 디자인을 한 번 더 주문했다.

고양이 급식대

살면서 낯설고 새로운 무언가를 받아들이는 일은 무척 어렵고 망설여진다. 특히 나이가 들어가며 새로움을 추구하기보다는 낡고 헤지고 익숙한 것에 안주하게 된다. 그것이 사물이나 습관일 때도 그럴진대 하물며 살아 있는 생명이라면 더 말해 무엇할까.

영화 <리틀 포레스트>를 보면 넓고 스산한 고향집에 혼자 내려와 지내며 외로움을 타는 혜원에게 건실한 농촌총각 재하가 조그만 강아지를 선물하면서 이런 대사를 한다. "온기가 있는 생명은 다 의지가 되는 법이야."

"이 조그만 게 뭔 위로가 된다고." 하며 무시했던 혜원은 결국 캄캄한 한밤중에 밖에 있던 강아지를 이불 속으로 데리고 들어간다.

몽실이를 가만히 쓰다듬고 있으면 그 따뜻함과

온기가 전해져 마음 한구석이 위로받는 느낌이 든다. 이 조그만 게 위로가 된다. 새로움이 주는 삶의 변화는 이렇듯 놀랍고도 신기하다. 3년이 지난 지금도 몽실이는 우리 집 막내다. 개들의 기대수명이 15년 남짓이라는데 만남이 있었으니 헤어짐도 있겠거니 생각하면 벌써부터 가슴이 아릿해진다. 낯설어 불편하던 것들이 일상의 익숙함으로, 삶의 당연한 일부로 스며든다.

타인의 의자

사무실 상담석에는 의자가 세 개 있다. 내가 앉는 의자 하나와 건너편에 나란히 놓인 의자 두 개다. 이 의자에 앉아 상담하는 사람들은 모두 저마다의 사연을 가지고 온다. 인생 행로에 따라 굽이굽이 거쳐온 이야기를 비밀처럼 숨겨왔다 고해처럼 내려놓고 가면 삶의 질곡과 속절없음에 작게 탄성이 나오기도 한다.

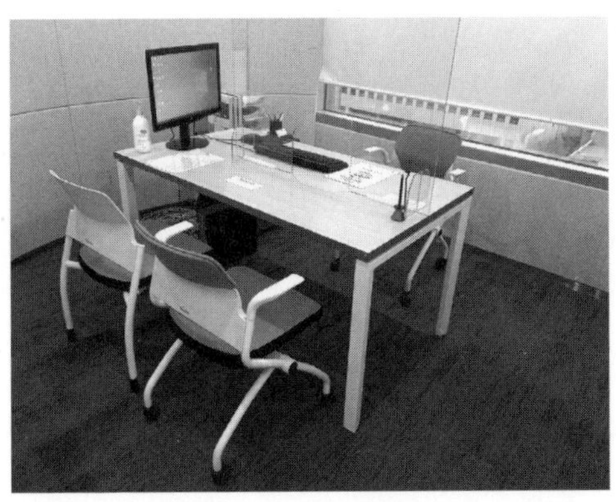

상담실 의자

사람들은 모두 창업이라는 공통분모로 묶여 있다. 세상에 떠밀려 그 자리에 온 이도 있고, 정보로 무장하기 위해 하나씩 구슬을 주우러 다니는 야심 찬 청년도 있고, 절박한 심정에 도움을 청하러 온 중년 가장을 만나기도 한다. 내 역할은 그들이 놓치는 빈틈을 찾아 메워주는 일이다. 가령 잘못된 대출 정보를 갖고 있거나, 창업을 준비하면서 반드시 경험해봐야 하는 일의 속성을 놓친다거나, 때로 창업은 세금과의 전쟁이라고 할 만큼 세무지식이 중요한데도 불구하고 아무런 기초지식도 없거나, 좋은 정부 지원 프로그램이 있음에도 몰라서 놓치고 가는 경우들이다.

가끔 무모하게 달려드는 창업자를 보면 쫓아다니면서라도 뜯어말리고픈 심정이다. 그런다고 절대 포기하지 않는다는 사실도 잘 알기에, 답답하지만 할 수 있는 범위 안에서 최대한 도움을 제공한다. 이렇게 한 시간 남짓 상대방의 창업 계획을 듣고 의견을 나누다 보면 하루에 많은 시간을 의자에 앉아 보내게 된다.

의자는 가장 만들기 힘든 가구 중 하나다. 인체에 많이 닿는 가구이기도 하거니와 힘의 균형을 고려하여 구조적으로 안전해야 하고, 미적으로도 아름다워야 하며, 기능적으로도 아무 문제 없어야 하기 때문이다. 웬만한 목공 고수들도 만들기 힘들어하는 것이 의자다.

스툴 '프리티우먼'

스툴 '왕좌의 스툴'

공방에서 배우던 초창기, 작은 스툴을 만든 적이 있다. 이름을 '프리티우먼'이라고 지었는데 이유는 영화 〈귀여운 여인〉에서 줄리아 로버츠가 쇼핑을 마치고 거리를 활보할 때 긴 다리를 쭉 뻗듯 네 개 중 한 다리가 앞으로 길게 나와 있는 형태이기 때문이다. 꿈보다 해몽이라고 제목을 붙이는 작업 또한 목공의 재미라고 말하고 싶다. 위에 달린 좌판도 영화에 나오는 여성의 모자처럼 살짝 삼각형 모양을 하고 있으니 꽤 고민하여 만든 디자인이다. 곡선 작업은 손이 많이 가고 섬세해서 시간이 소요된다. 나무로는 하드우드인 애쉬를 사용하였고 오일로 마감했다.

왕관 모양을 한 두 번째 스툴 '왕좌의 스툴'은 곡선이 아니라 이중각도가 들어갔다. 각도 계산에 오차가 없어야 하므로 테이블톱의 각도와 마이터게이지의 각도를 정밀하게 세팅하여 스툴의 다리 부분을 절단했다. 절단된 부재를 순서대로 조립해 완성했고, 역시 샌딩 마감 후 오일로 마무리했다.

페인트 마감을 한 스툴은 삼나무라 다루기가 수월했다. 우선 절단한 다리들을 스테인* 칠 위에 바니시 마감으로 먼저 완성해둔다. 상판엔 마스킹 테이프로 페인트의 경계선을 붙여두고 페인트칠을 한다. 페인트가 마른 후에 스텐실로 그림을 완성하고 바니시로 마감한다. 다리와 상판을 ㄱ자 철물로 연결하면 완성이다.

스툴 말고 다른 의자는 만든 적이 없다. 기회가 있으면 내가 좋아하는 월넛 원목으로 곡선 형태의 커다랗고 편안한 흔들의자를 만들어보고 싶다.

스테인 스툴

---

* 목재에 스며들어서 색을 내게 하는 재료.

상담석을 정리하다 보니 내가 앉는 의자와 똑같이 생긴 고객용 의자에는 한 번도 앉아본 적이 없다는 걸 알았다. 저쪽에서는 내가 어떻게 보일까 생각하며 그들이 앉았던 의자에 슬며시 가서 앉아보았다. 같은 제품, 같은 디자인인데도 불구하고 내가 앉는 의자만큼 편하지 않았다. 그들도 나처럼 편안한 의자가 불편하게 느껴졌을까? 같은 상황이라도 보는 입장과 생각에 따라 사뭇 달라 보였으리라 상상해본다. 상담자들이 저마다 품고 오는 사연은 다양하지만, 같은 의자에 앉아 함께 이야기를 듣고 정보를 나누는 일이 그들이 꾸는 꿈에 조금이나마 도움이 되었으면 좋겠다. 어떤 의자에 앉아도 마음만큼은 편안한 날이 오기를 진심으로 응원한다.

"그는 걸프 해류에서 조각배를 타고 혼자 낚시 하는 노인이었고, 고기를 단 한 마리도 잡지 못한 날이 이제 84일이었다."

작가 사망 후 50년이 지나 이젠 저작권마저 없어진 헤밍웨이의 《노인과 바다》의 첫 문장이다. 노인은 기나긴 사투 끝에 마침내 은푸른빛 청새치를 낚는 데 성공하지만 피 냄새를 맡고 몰려온 상어 떼에게 고기를 잡아 먹히고 만다. 뼈만 앙상하게 남은 청새치를 배와 함께 항구에 정박시킨 그는 돌아와 편안한 잠을 잔다. 그날 노인은 사자가 나오는 꿈을 꾼다.

바다라는 일거리가 존재하는 한 노인은 언제나 현

역이다. 사투를 벌인 하루를 뒤로하고 또다시 바다로 나가는 노인에게 정년퇴직이란 없다. 요즘 세상에 정년 없이 일하는 것이 축복일까, 형벌일까? 확실한 건 아침에 일어나 갈 곳이 없고 할 일이 없다는 것은 끔찍한 일이라는 점이다.

생산적 활동이든 정서적 취미활동이든 즐거운 마음으로 몰입해서 건강하게 일할 수 있는 것은 축복이라고 말하고 싶다. 퇴직한 선배들만 봐도 그렇다. 마치 사투 끝에 물고기를 잡고 항구로 돌아오지만 상어 떼에게 물고기를 빼앗기고 마는 노인의 허무와 닮았다.

노인에 빗대어 나의 일을 생각해본다. 퇴직 후에는 재취업하는 것도 쉽지 않을 테니 그때를 생각하면 일을 못할까 봐 걱정되고 한편으론 일을 무한정 할까 봐 두렵다. 몸의 노화와 적당히 관계 맺는 일도 서투르다. 늙은 나와 마주할 용기가 아직은 없다. 그때 가서 할 수 있는 일이 무엇일까 고민해보았다. 동시에 나는 왜 일을 할까도 생각해보았다. 어떤 일은 자신의 모든 것, 심지어는 목숨을 걸고 하는 일이 있지 않은가. 성직자나 독립투사 같은 분들 말이다. 반면 돈이라는 보상이 없다면 당장 지금이라도 그만둬 버리는 일도 있을 것이다.

내가 지금껏 추구했던 일은 그 중간 어디쯤이었다. 다시 말해 돈도 벌고 남들한테 그럴듯한 직업으로 인정받는 일 말이다. 하지만 지금 다시 일을 선택한다면 그 중심을 남이 아닌 나의 내면으로 옮기고 생각해볼 것이다. 생계수단을 넘어 내 안의 즐거움에서 시작되는 일, 목공이 바로 그런 일이 될 수 있을 것이라 생각했다.

목공을 배워야겠다고 결심하고 알아본 목공방은 공방장에 따라 성향도 가지가지, 수업료도 천차만별이었다. 이곳저곳을 기웃거리다 나와 궁합이 맞는 목공방을 찾았지만 수업료가 부담스러웠고 6개월치를 미리 선불로 내야 한다는 조건도 마음에 안 들어 주저했다. 할까 말까 고민하던 중 극작가 조지 버나드쇼의 '우물쭈물하다가 내 이럴 줄 알았다'는 묘비명을 떠올렸다. 나중에 후회하지 말자는 결심으로 손가락 달달 떨며 클릭버튼을 누른 기억이 생생하다.

공방을 다니며 목공 기술의 기본을 익히고, 나무의 특성을 배우고, 장비 다루는 법을 배웠다. 그때 처음 만든 것이 우리 집 거실에서 지금도 쓰고 있는 좌식 탁자다. 레드 오크와 화이트 오크를 결합하여 만든 사각 탁자는 너무 튼튼해서 백년은 쓸 수 있을 것 같다.

인생에서 늦은 때란 없다. 행동하지 않으면 알 수 없는 내면의 소질이 켜켜이 쌓여 있을 수도 있고, 탐구하지 않으면 발견할 수 없는 나만의 재능이 숨어 있을 수도 있

사각 탁자

다. 자신만의 잠재된 소질을 개발하여 밖으로 끄집어낸다면 얼마든지 자기계발이 가능하다. 직장은 없어도 직업은 있어야 한다는 말처럼 평생 직업을 갖는다면 정년퇴직은 없을 것이다.

지금의 직장일이 내가 딸려가는 일이라면 목공은 내가 끌고 가는 일이다. 주체가 되어 끌고 가는 일에야말로 새로운 기회의 연결고리가 만들어질 것이라 기대한다. 오늘이 곧 미래다. 오늘의 실천이 내일의 결과로 이어진다는 평범한 진리를 생각한다면 제2의 인생, 인생 후반전을 위해 무엇이 되었건 평생의 업을 찾아보는 것은 어떨까. 사자 꿈을 꾸고 여느 때처럼 다시 바다로 나아가는 노인처럼 나이 들고 싶다.

에필로그

신중히 선택하고도 나중에 후회를 남기는 일이 있다. 반면 가볍게 선택했지만 두고두고 마음에 흡족한 일이 있다. 그런 크고 작은 일들을 연결해보면 한 사람의 인생의 별자리가 그려진다. 내게 목공은 그 별자리 중에서 가장 환히 빛나는 별이 되었다.

누가 시키거나 떠밀려서가 아닌 스스로 선택하고 가꾼 일이 주는 기쁨은 컸다. 정신없이 바쁜 직장생활을 보내다가도 주말엔 집 베란다로 꼬박꼬박 출근했다. 그 안에서 온몸을 움직여 나무를 깎다 보면 일에 관한 고민, 인간관계에 대한 실망, 미래에 대한 불안 같은 생각들은 흩날리는 톱밥처럼 밀려 나갔다. 머릿속이 단순해졌고 못 하나 박는 데도 온 신경의 집중을 요하는 몰입 상태에 매료되었다.

주말 목수로서 부족한 점이 많지만 손님들은 지금 나를 목공작가라고 불러주신다. 회사에서의 직위보다 그 말이 훨씬 편안한 옷을 입은 것만 같다.

베란다 목공소에서 작업을 하고 있으면 나무가 내게 말을 걸어온다. 나에겐 자신다운 결이 있냐고. 그 결에 얼마나 솔직하냐고. 스스로를 돌이키며 다짐하게 된다. 타인의 시선보다 내면의 소리에 귀 기울이자. 나 자신을 표현하는 언어를 더 많이 가지자. 물질의 풍요보다 관계의 풍요에 시간을 투자하자. 세상이 정해놓은 고정된 틀이 아닌 삶이라는 백지에 어떤 그림을 그려나갈지 탐구하고 싶다.

어느 날 예고도 없이 또 다른 행운의 별이 찾아와 새로운 별자리를 만들지도 모르겠다. 그날 또한 기쁘게 기다리며 나는 오늘도 2평짜리 베란다 목공소에서 뚝딱뚝딱 사각사각 나무를 다듬고 있다. 나무와 목공이 내게 그래주었던 것처럼, 이 책이 당신만의 별자리를 그리는 데 작은 보탬이 되기를, 힘들면 앉았다 가는 숲의 그루터기를 닮은 쉼이 되기를 바란다.

나의 2평짜리 베란다 목공소

초판 발행 2024년 1월 17일

지은이 김준호
발행인 이종원
발행처 (주)도서출판 길벗
브랜드 더퀘스트
출판사 등록일 1990년 12월 24일
주소 서울시 마포구 월드컵로 10길 56(서교동)
대표전화 02)332-0931 | **팩스** 02)323-0586
홈페이지 www.gilbut.co.kr | **이메일** gilbut@gilbut.co.kr

책임편집 송혜선(sand43@gilbut.co.kr) | **제작** 이준호, 손일순, 이진혁, 김우식
마케팅 정경원, 김진영, 김선영, 최명주, 이지현, 류효정 | **유통혁신** 한준희
영업관리 김명자, 심선숙 | **독자지원** 윤정아

디자인 및 전산편집 MALLYBOOK
CTP 출력, 인쇄 및 제본 예림인쇄

ISBN 979-11-407-0810-9(03810)
(길벗 도서번호 040225)
정가 14,000원

페이스북 www.facebook.com/thequestzigy
네이버 포스트 post.naver.com/thequestbook